太田道灌勇飛録

今井

IMAI

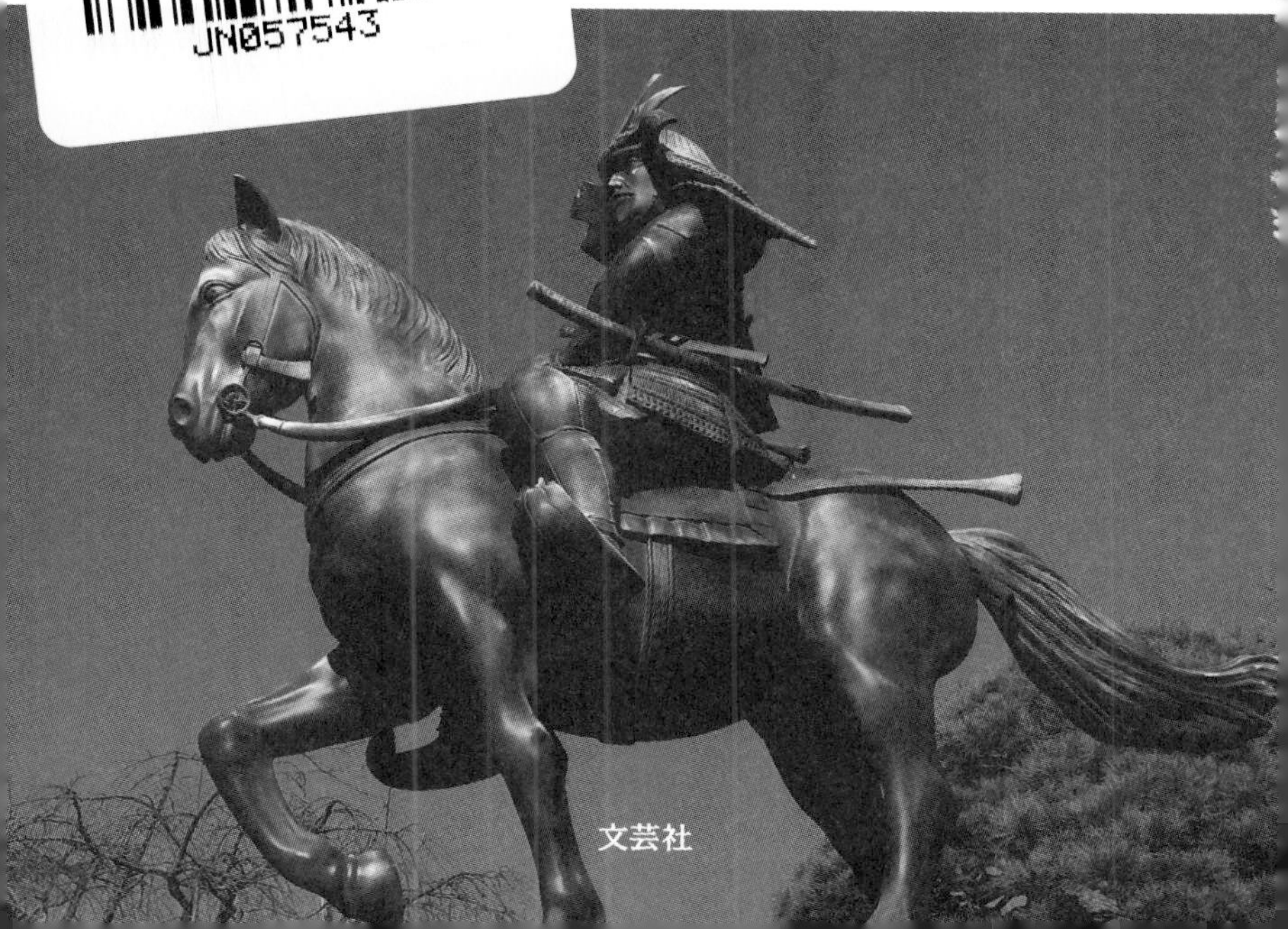

文芸社

前書き

太田道灌は永享四年（一四三二年）に相模国に生まれ、幼名を鶴千代といいました。元服して資長、もっともこの実名は身内以外には知られることなく、元服後の通称は、源六（仮名）で、長禄三年（一四五九年）から官途名の左衛門大夫を称し、法名の静勝軒《せいしょうけん》のある道灌をいただくのは文明三年（一四七一年）、道灌四十歳のことです。本書では、なじみのある「道灌」で統一しております。

もの心がついた道灌は、神童と呼ばれるほど弓馬の術や読み書きに優れ、武士にもっとも必要な礼儀作法も大人顔負けでありました。

九歳から鎌倉五山の建長寺に仏法を学び、十二歳で称名寺、金沢文庫にて中国の漢詩や儒教などを、十四歳では足利学校にて中国兵法や易経を習い秀才の名をほしいままとしておりました。さらに、和歌を詠むことや琵琶の演奏にも優れ、これらのもの全てが達人の域にあったとされます。

そんな道灌が生まれた頃から世界的な天候不順が始まっておりました。道灌二十一歳の時（一四五二年）には、南太平洋のバヌアツ共和国にあるクワエ山が大噴火、大量の火山灰を成層圏まで舞い上げ日光を遮り三年もの間、全世界に夏のない年を出現させたのです。強大な勢力を誇った東ローマ帝国のコンスタンティノープル（現在のイスタンブール）がオスマントルコの侵攻に陥落したのもこの時でした。日本では、その影響が百年近く続き、たびたび大飢饉が人々を襲い、応仁の乱の一因になるなど世が乱れたのです。この間に東日本大地震や東南海地震、関東大地震などと同等な巨大地震と大津波が発生、さらに人々を苦しめたのでした。

「衣食足りて礼節を知る」とある通り、天変地異による大飢饉の頻発は人心を乱れさせ、各地に台頭していた武士団たちが野盗集団に成り下がり、他国領や国衙領、寺社領などに侵入、強奪を繰り返しました。それまで人々が、全てのものに神仏が宿ると信じ、全てのものに感謝して生きる日本社会の規範が崩れ、乱暴な悪人や無法者ばかりがはびこる戦乱の世が始まろうとしていたのです。

このような時、道灌は関東を治める武士団の中心的な存在である扇谷《おうぎがやつ》上杉家の家宰として、関東公方家の争いや管領家である山内上杉家の執事、長尾景春が巻き起こした争乱を、京の幕府将軍が発した関東御静謐《せいひつ》の御内書（命令）に従い鎮圧に動き始めておりました。

関東の守護神として「天子の御旗を掲げ関東御静謐を実現する」との大義のもと、戦力の少ない扇谷上杉家を取りまとめ江戸城、河越城、岩槻城、大庭城を築城、防塁の整備を行い、自ら足軽兵を多数養成し戦力を整え戦に備えていたのです。

また、関東各地を自らの足で歩き地形を把握して、修験者や歩き巫女たちを諜者に仕立てて各陣営の情報収集を行い、知恵の限りを尽くして関東各地で騒乱鎮圧の戦を続け、三年にわたり三十戦以上負けなしという八面六臂の活躍を見せ、遂には鎮圧を成功させたのです。その奇跡の活躍は日本国中にとどろき「道灌こそは、日の本一の武士なり」と言わしめました。

近年、道灌といえば「山吹の里伝説」があまりにも有名で、文武に優れた優しい武士の印象がありますが、天変地異により乱れに乱れた関東を、あくまで主君に忠義を尽くす武士道と仏道修行で得た正義で、関東御静謐の大義実現のため、底知れぬ知恵と体力で戦い抜いた最強の戦士であったのです。

それだけではありません。悪人や私利私欲にまみれた者たちばかりの戦国時代の入り口にあって、道灌は下克上を成し遂げた上総国千葉氏に対抗するため、新たに江戸城と江戸の町づくりに手腕を発揮するのです。関東各地で大飢饉により離農した農民や流れ者を、積極的に江戸の町に受け入れ、現代で言う難民キャンプを作りました。

飢えて流れ着いた者たちに衣食住を提供するにあたり、離農者の中から半農半士となる足軽兵を養成し、農地を与え食糧増産と戦力の増強の一石二鳥を図ったのです。さらに道灌は江戸城完成後、城の脇を流れる平川の流れを変えるという、当時としてはとてつもない公共事業を始め、難民たちに仕事を与えました。これにより平川の江戸湾に至る河口には数多くの船が着岸できる湊《みなと》が出来上がり、交易を通じて多くの商家が栄え職を生み出しました。この江戸湊と税のない楽市とが相まって江戸の町は大繁栄、道灌の経済力を飛躍的に押し上げたのです。

また、自分が帰依する曹洞宗だけではなく、あらゆる宗教の寺社を、江戸城内と町場に数多く勧進しました。それらの寺社は増え続ける江戸の人々を檀家や氏子に勧誘、檀家や氏子の組織作りや、祭り、法要を通して治安の維持に貢献したのです。これらの政策が評判を呼びさらに多くの人々が江戸に流入、瞬く間に関東一の湊町になったのでした。

道灌は、政治家としても優秀でありましたが、秀才にありがちな人を寄せ付けない上から目線の接し方でなく、曹洞宗の高祖道元の教え通り利他の心で、いつも道灌の周りには実に多才な優秀な人々が自然に集まっておりました。豪商の鈴木道胤《どういん》や宇田川清勝、和歌の木戸《きのへ》孝範《たかのり》、万里《ばんり》集九《しゅうく》、政治にあっては関東探題の渋川義鏡《よしかね》、世田谷城の吉良《きら》成高《しげたか》、金山城の陣僧松陰《しょういん》、仏道の師、龍穏寺《りゅうおんじ》五世の雲崗舜徳《うんこうしゅんとく》など多くの友人や師、他にも父道真《どうしん》、弟図書助《ずしょのすけ》、六郎など親戚たちと連歌会を共にして、気さくに意見を交わし交流を深め政策に反映させていたのです。

このように太田道灌は、関東を守護する最強の武将であり、民を守る政治家としても優れた能力を発揮しましたが、皆に愛される人格者でありました。

道灌以後、台頭した戦国大名が非道の限りを尽くして他国への侵略を繰り返した英雄話とは一線を画す、道灌の英雄伝説を本書を通してお伝えし、日本人の心の奥底にある室町時代の武士道の心を感じていただけたら幸いです。

目次 「太田道灌勇飛録」

【江戸城築城時の江戸湊】

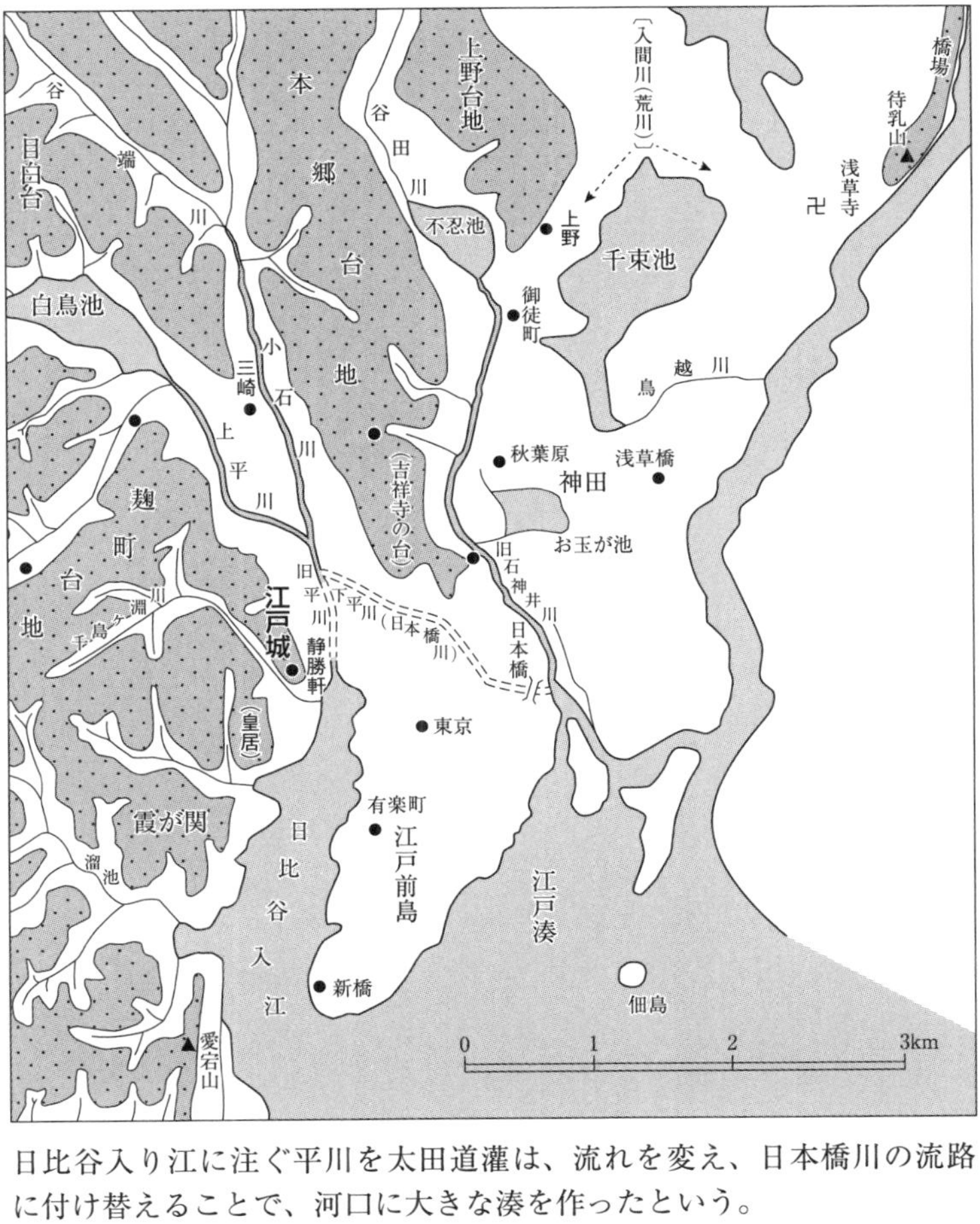

日比谷入り江に注ぐ平川を太田道灌は、流れを変え、日本橋川の流路に付け替えることで、河口に大きな湊を作ったという。

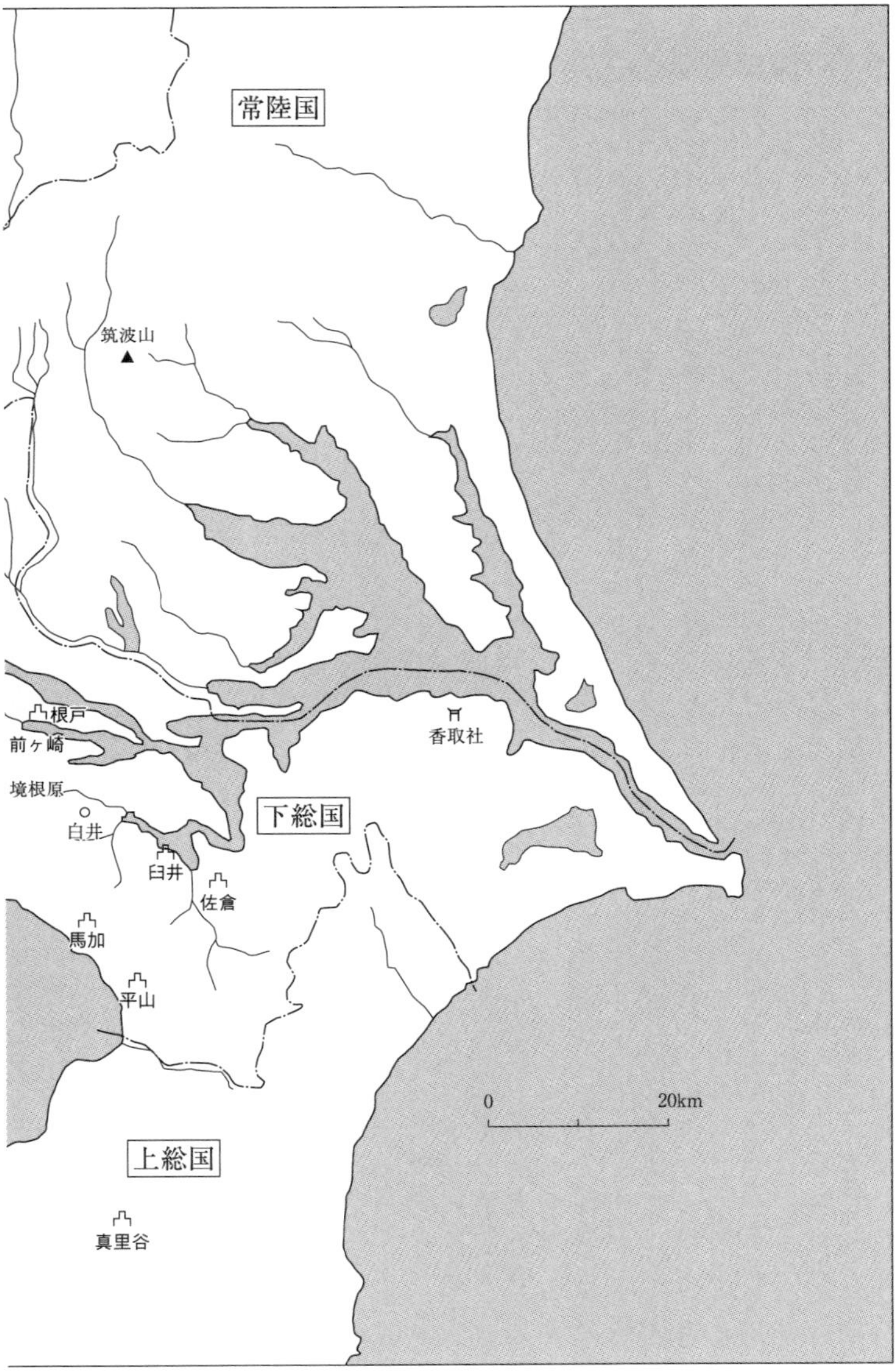
常陸国
筑波山
根戸
前ヶ崎
境根原
白井
臼井
佐倉
馬加
平山
香取社
下総国
0
20km
上総国
真里谷

【関東における主な城】

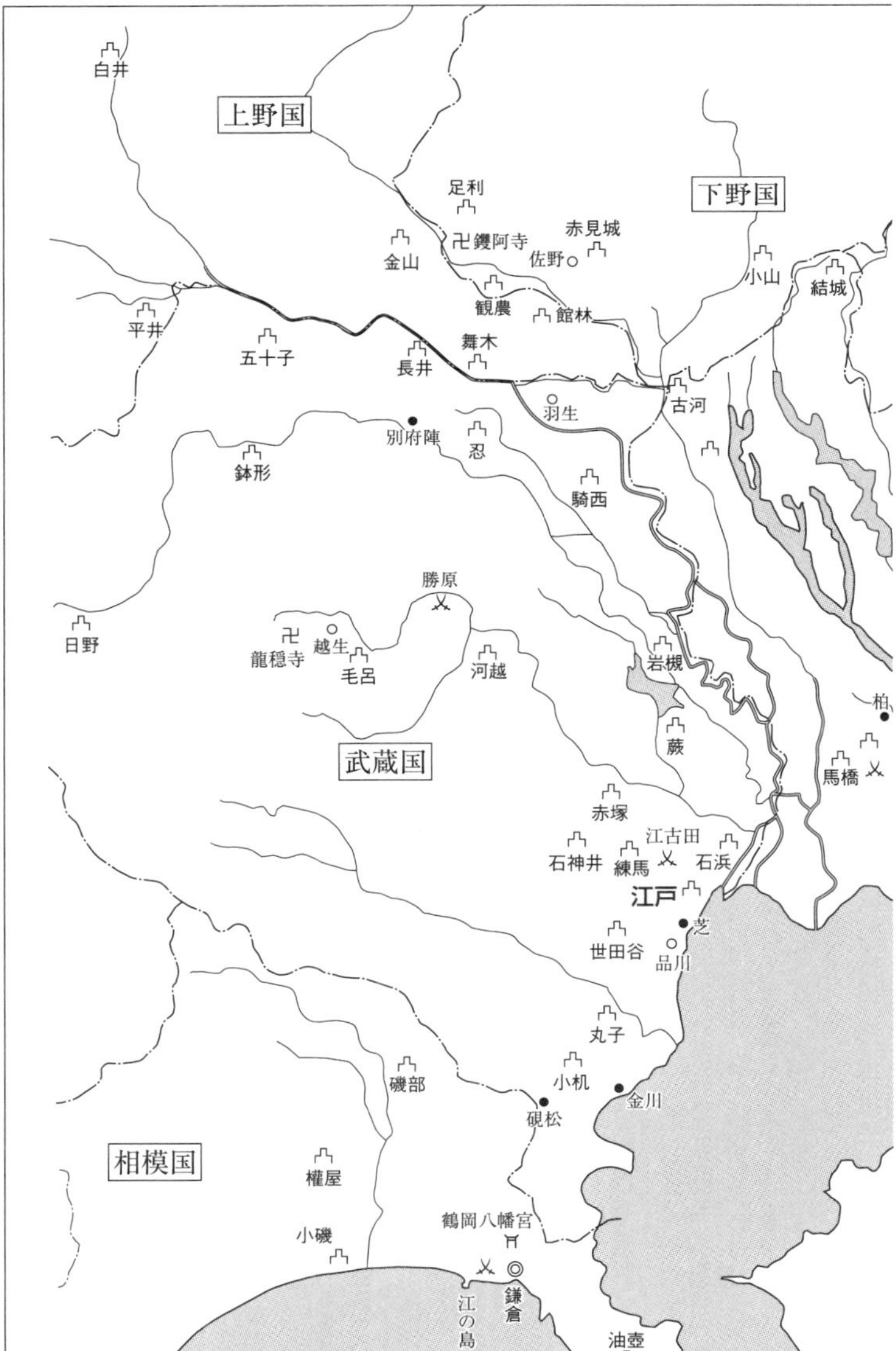

白井
上野国
足利
下野国
卍鑁阿寺
赤見城
金山
佐野
小山
結城
観農
館林
平井
五十子
舞木
長井
古河
羽生
別府陣
忍
鉢形
騎西
勝原
日野
卍
龍穏寺
越生
毛呂
河越
岩槻
柏
蕨
馬橋
武蔵国
赤塚
江古田
石神井
練馬
石浜
江戸
芝
世田谷
品川
丸子
小机
金川
磯部
硯松
相模国
権屋
鶴岡八幡宮
小磯
鎌倉
江の島
油壺

【江戸付近の勢力図】

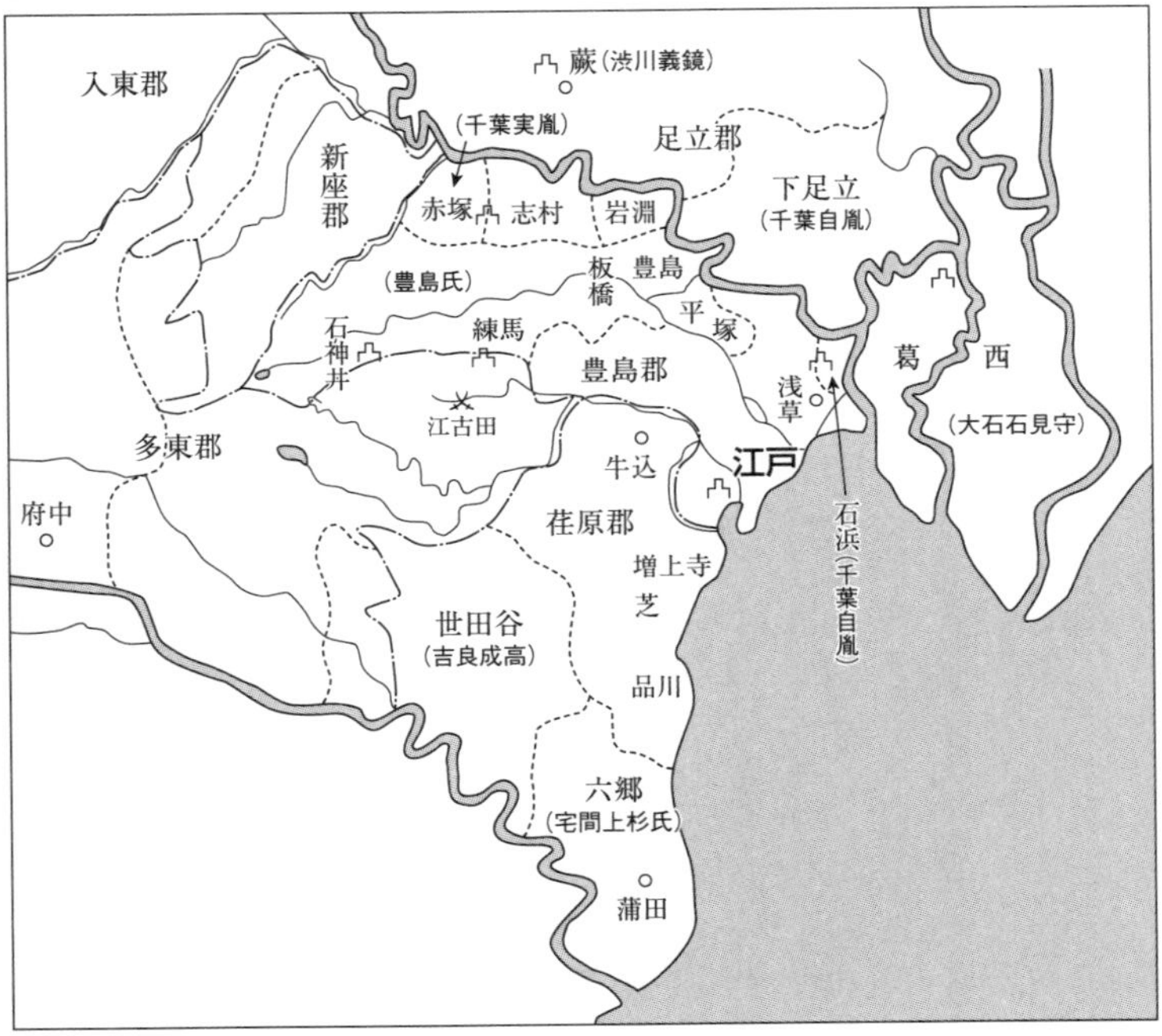
入東郡
蕨（渋川義鏡）
（千葉実胤）
足立郡
新座郡
赤塚
志村
岩淵
下足立
（千葉自胤）
（豊島氏）
板橋
豊島
平塚
石神井
練馬
豊島郡
葛西
浅草
江古田
（大石石見守）
多東郡
牛込
江戸
府中
荏原郡
石浜（千葉自胤）
増上寺
芝
世田谷
（吉良成高）
品川
六郷
（宅間上杉氏）
蒲田

【小机城の戦い参考図】

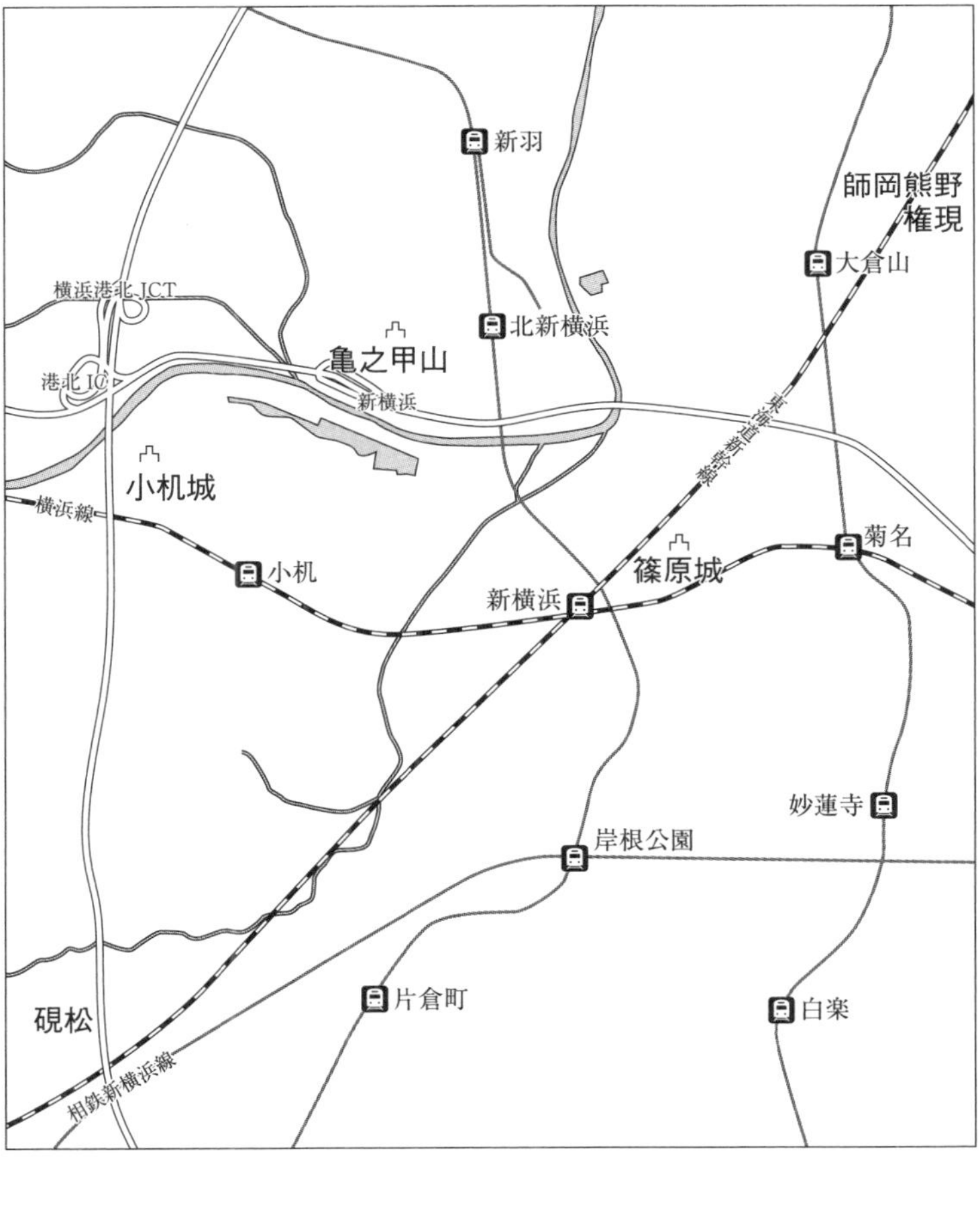

新羽
師岡熊野
権現
大倉山
横浜港北JCT
北新横浜
亀之甲山
港北IC
新横浜
小机城
横浜線
東海道新幹線
菊名
小机
篠原城
新横浜
妙蓮寺
岸根公園
片倉町
白楽
硯松
相鉄新横浜線

【境根原合戦参考図】

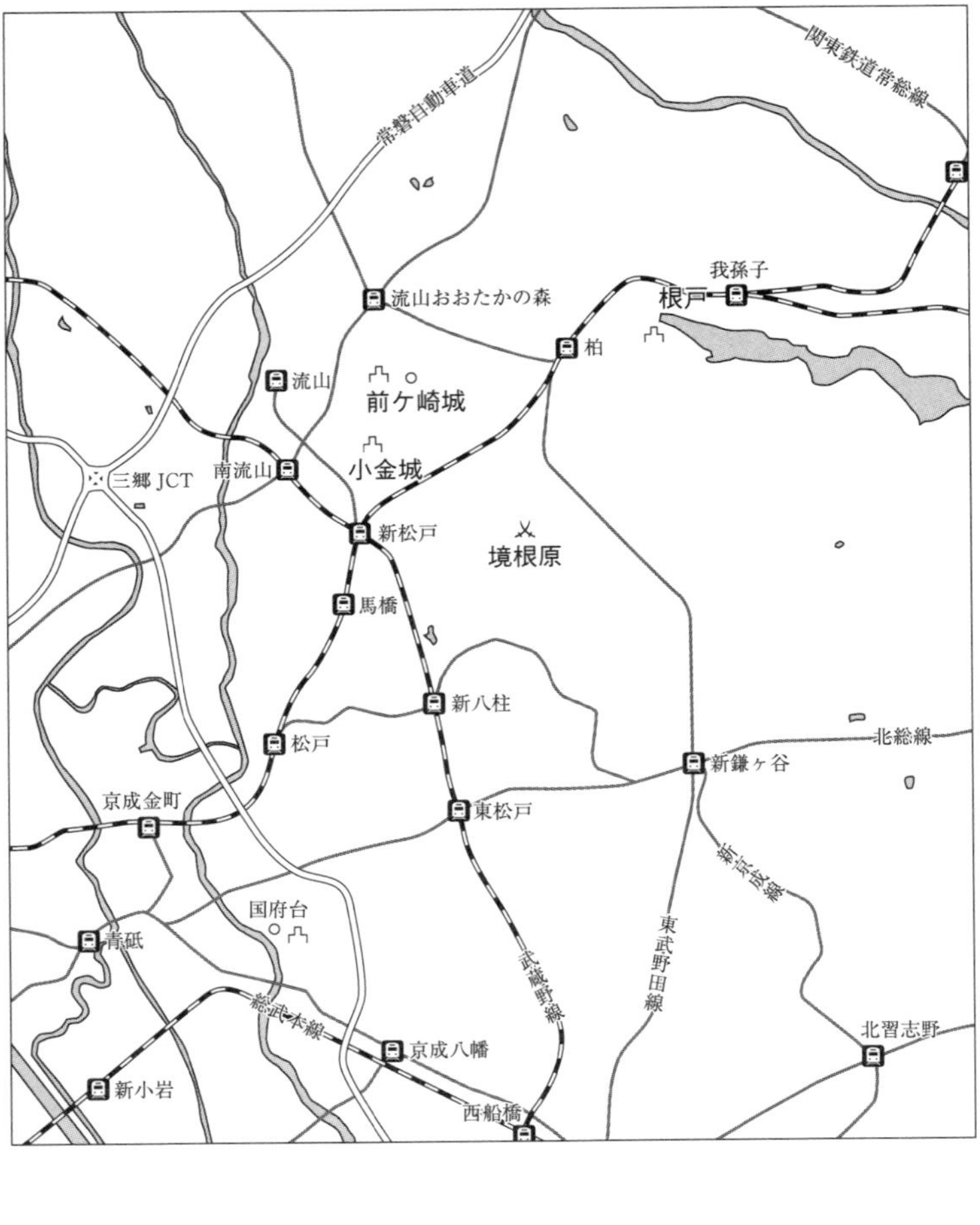
関東鉄道常総線
常磐自動車道
我孫子
根戸
流山おおたかの森
柏
流山
前ケ崎城
小金城
南流山
三郷 JCT
新松戸
境根原
馬橋
新八柱
松戸
北総線
新鎌ヶ谷
京成金町
東松戸
新京成線
国府台
青砥
東武野田線
武蔵野線
総武本線
北習志野
京成八幡
新小岩
西船橋

【太田道灌の終焉の地】

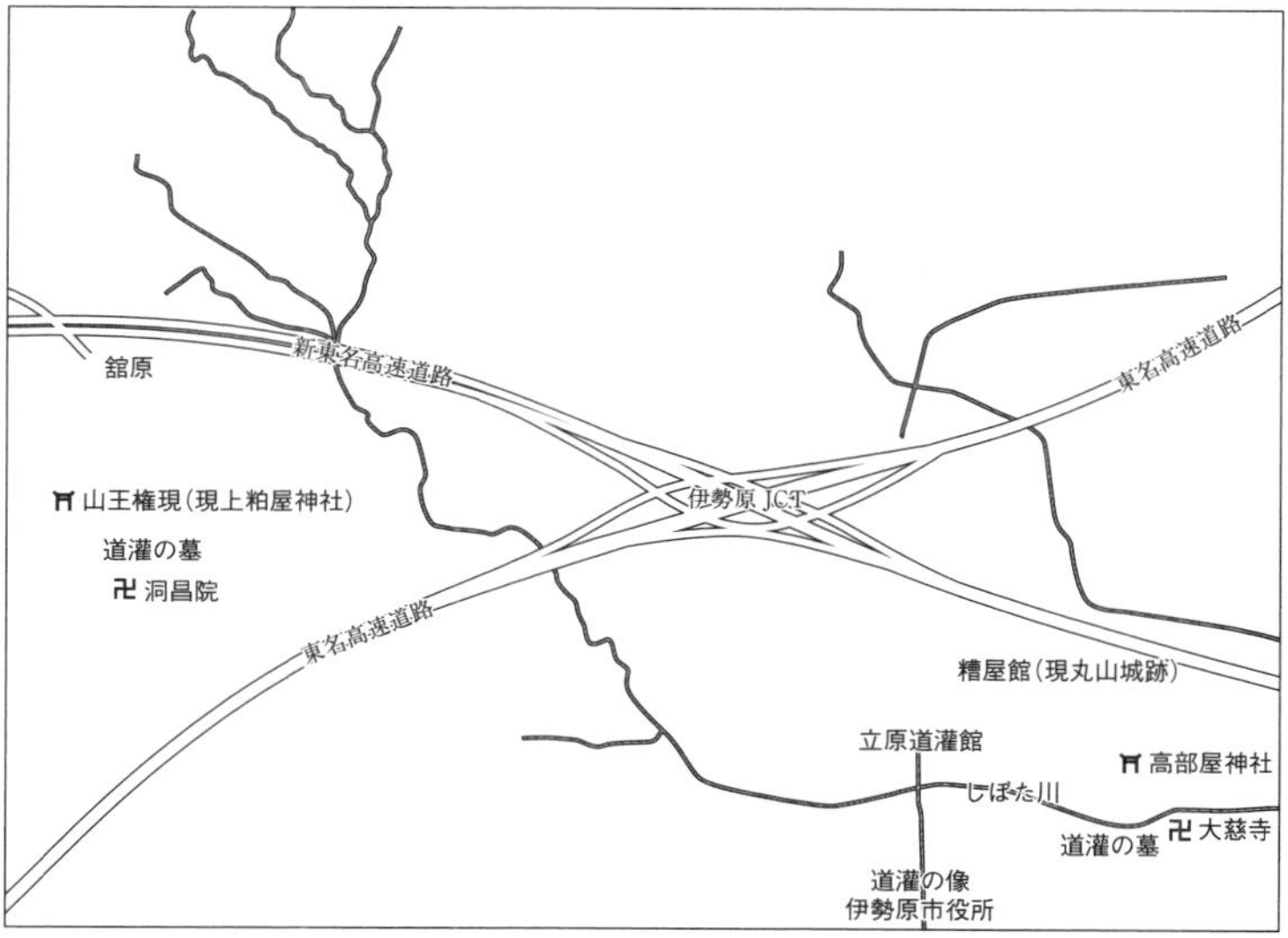

新東名高速道路
舘原
東名高速道路
山王権現（現上粕屋神社）
道灌の墓
洞昌院
伊勢原JCT
東名高速道路
糟屋館（現丸山城跡）
立原道灌館
高部屋神社
しぼた川
道灌の墓
大慈寺
道灌の像
伊勢原市役所

享徳東日本大地震

　享徳三年（一四五四年）十一月二十三日子の刻（午前一時頃）、太田道灌は、父太田道《どう》真《しん》（資清《すけきよ》）の和歌の友である豪商鈴木道胤《どういん》が館、品川館を訪れており、深い眠りに就いていました。

　鈴木道胤の品川館は、品川湊《みなと》の西にある品川稲荷（現・品川神社）をさらに上ったところ、緑濃い巨木の丘にありました。

　道灌は、突然、背中を突き上げる「ドンドンドン」という音と揺れで「何事か！」と、飛び起きたのです。

　道灌を突き上げた揺れは、東日本を襲った享徳東日本大地震（東日本大震災とほぼ同規模。震源も同様と推定）を告げる縦揺れでありました。

　道灌が立ち上がった時、地震は縦揺れから周期の長い大きな横揺れに変わり、道灌は、柱につかまりながら中庭に転げるように館を出たのでした。

　あたりは暗がりでありましたが、道灌には、中庭の地面が大きく波を打っているのが、はっきりと見えたのです。

「ご無事でございますか！」と、道灌警護の同朋衆（陣僧や修験者）である智宗《ちしゅう》と、館の主人鈴木道胤が駆け寄り、二人が道灌の背中を押して、さらに建物から遠ざかりました。

地震の揺れは一段と大きくなり、「ガタガタ」と大きな音を立てて柱や梁を揺らします。

道灌には、四半時（約三十分）も揺れが続いたように感じられ、ようやく神の怒りが鎮まり、大きな音も止んで揺れも静かになりました。

そんな時、「助けて！　助けて！」と、館の裏にある竈屋《かまどや》の方から、女の声が聞こえました。

「私が見て参りましょう。道灌様はここを動かぬように」と、智宗にも女の声が聞こえたらしく駆け出していきました。道灌と道胤は、しばらくその場にじっとしていましたが、帰って来ない智宗に、しびれを切らせて声の方に、恐る恐る歩き出したのです。

暗がりを進むと、「明かりをもっと持って参れ！」と、智宗の大きな声が暗闇の中、響いていました。

道灌が、さらに近づくと、道灌の被官、軍法者の斎藤新左衛門安元《やすもと》や、宇田川清勝《きよかつ》と配下の者十数人ほどが、人の目の高さに潰れた竈屋を取り巻いておりました。

暗い中、智宗は竈屋の柱を一人で動かそうとしていたのです。

「者ども、さっさと明かりを持って来ぬか！　何をしておる！　周りで見ているものは智宗を早く手伝え！」

事情も分からぬまま道灌が大声を上げました。

「道灌様はお下がりくだされ！　ここはまだ、あぶのうござります」

軍法者の安元が、道灌を抱えて竈屋から遠ざけようとしました。

「ええい、離せ！　わしは子供ではないわ！」

「落ち着いてくだされ、智宗殿は夜目が利きますが、我らには、よく見えませぬ。どうやら女二人が下敷きになっているようです。」と、安元が説明していると、四本の松明が届きました。

「智宗の手元を照らせ！」

と、安元が命じると、ようやく智宗の姿がはっきりと見え、道灌も少し落ち着きを取り戻してきたのです。安元の配下など十五人が、智宗を手伝うようになると、竈屋から次々に瓦礫《がれき》が運び出されました。

そんな時、「道灌様お助けください！　母が閉じ込められたようなのです」と、隣の斎藤小四郎基行《もとゆき》と、その娘が助けを求めて道灌のところにやって来ました。

「人手は何人ぐらい必要じゃ」

「多ければ多いほど」と、娘が答えると、基行は、

「最低でも十人以上は必要かと」と、付け加えました。

「しばし待たれよ、我らも総出で、今この竈屋で助けておる最中じゃ。女二人が家の下に

挟まっているようなのじゃ」

「父上！　他を当たりましょう！　ぐずぐずしている間にも母上は死んでしまいますぞ！」

娘は涙声になりながらに父に訴えました。

「他に誰がいると言うのじゃ。ここは道灌様に頼るほかあるまい」

「落ち着かれよ、父上の申す通りじゃ。我らも急ぐゆえ、母者のところでしばし待たれよ。安元！　基行殿と一緒に行き様子を見て参れ！」

と道灌は言い、自分も、この地の瓦礫を片付け始めました。

これを見て、鈴木道胤も手伝い出したのです。

しかし、竈屋の救出は難航し、大してはかどりません。

「智宗！　まだ、二人には手は届かぬか？」

「もう少しでござります」

このようなやり取りを何度か繰り返し、半時《はんとき》（約一時間）近くたった時、大きな余震が再び竈屋を襲いました。

「皆逃げよ！　急げ！」

智宗が必死に瓦礫の中から這い出た時、竈屋は余震でさらに潰れてしまったのです。しかし、潰れたことで竈屋の瓦礫は片付けることが容易になり、やがて女二人は助け出されました。二人の女は、顔も体もススで真っ黒になっておりました。

「大丈夫か？　息はあるか？」

「すでに息絶えております」

「息はないか。皆ご苦労であった」

力のない声で道灌は言い、後ろで見守っている女たちに向かい、

「顔を綺麗に拭いてやっておくれ。それと、せいぜい大きな声で泣いてやってくれ。何よりの供養だから」

と言い、自分も手を合わせて回向《えこう》しました。

「皆の者、ご苦労であった。もうひと頑張りしてくれ。基行殿のところに行くぞ！」

と、道灌は気を取り直して命じました。

安元の配下の話では、斎藤小四郎基行の館は母屋ごと崩れており、基行の妻の他、女三人が、閉じ込められているとのことでした。

基行の館の門をくぐると、あたりにはススと折れた木の臭いが、暗い中でも被害の大きさを物語っています。

竈屋とは違い、太く大きな柱や梁が瓦礫の中にあり、屋根はそのままの形で瓦礫の上に横たわっています。

暗い中、安元と基行は、二人で軽めの柱などを運び出しているようでした。

娘が持つ、ろうそくの光だけでは、あたりは暗く、よく見えません。

「道灌殿、よく来てくださった。五人ではどうにもなりませぬ。そちらは、どうでございましたか？」

「残念ながら、二人とも息絶えておった。こちらは、何とか助け出しましょうぞ」

そこに、道胤の手下の萬五郎と鶴亀丸が篝火を持って現れ、急にあたりは明るくなりました。

「皆、四人一組になって、梁や柱を運び出すぞ！」

道灌は元気を装って大声で指示を出します。

「若様は、そこで指示をしてくだされ。怪我でもされたら一大事にございます」

「何を言うか安元、わしも手伝うぞ」

と、道灌は言い、全員での人海戦術が開始されたのでした。

作業は順調に進んで、明るくなりかけた頃、一人目が救出されました。基行の妻でした。

「母上様！　母上様！」

と、基行の娘が取りついて揺り動かしますが、黒くすすけた女は返事をしません。

「まだ三人おる！　手を緩めるな！」

と鼓舞しましたが、やがて三人の死体が現れました。

皆が、夜明けに至るまで一睡もせずに、必死に救出に努めたのです。

三人の女の死体が見つかったことで、道灌は明らかに不機嫌になっておりました。最大限の努力にもかかわらず、結果が出せないことに苛立ちを隠せなかったのです。

「若様、お疲れ様でした。少しお休みくだされ」

と、安元が声を掛けると、

「休んでなどいられるか！　湊はどうなっておる。智宗！　湊を見て参れ！」

と、怒鳴りました。

「大地震の後には、津波が来ると言います。海は危険でございましょう。しばし、こちらの高台で様子を見られたらいかがかと存じます」

智宗を制して安元が冷静に話しました。

「何を申す！　ここで手をこまねいていろと申すか！　それでは助かる命も助からぬわ！」

「道灌様、我慢ですぞ。落ち着いてくだされ」

と、鈴木道胤が慌てて割って入りました。

「道真様も、おっしゃっておりました。武士は、このような時のために和歌を詠むのだと。どんなに負け戦であろうとも、どんな非常事態になろうとも、武士は常に、冷静沈着でおらねばならぬもの。斬り合いの最中でも相手方が上の句を詠めば、こちらも下の句を詠むくらいの度量がなくてはならぬと」

鈴木道胤の説教を聞いた道灌は、

「わしは何という未熟者だ！　父は、事あるごとにそのように言われていた。死に物狂いの斬り合いの最中でも、和歌を詠める余裕が欲しいと。この未熟さを自分は、まず反省せねばならない」と、瞬時に頭を巡らせ反省していました。

「偉そうなことを言い、申し訳ございません。道灌様、失礼ついでにもう一言、言わせてくだされ。人は結果を欲しがります。必死になせばなおさら結果を求めます。しかし、世の中思い通りになど運ばぬもの。そこで辛抱かと」

「あい分かった、道胤殿。ありがたき言葉、以後、肝に銘じておこう」

と、ばつが悪そうに道灌は感謝しました。

「恐れ入りましてございます。お侍様に我ら商人が意見するなどあってはならぬこと。その場で、首撥《は》ねられても文句は言えぬことでございます。まして、面子《めんつ》を潰すような意見まで聞いていただき、誠にありがたき幸せにございます」

と、鈴木道胤が穏やかに言いました。

脇で聞いていた安元は、少し驚いておりました。いつもなら、理屈をつけて意見を曲げない道灌が、素直に人の言うことを聞くのを見るのは久しぶりであったのです。

「大きくなられた。成長された。道灌様は、立派な武将になられる」

安元はそう確信しておりました。

そんなやり取りの最中、湊で働く鈴木道胤の配下の者が、湊から続く急坂を登ってやって来ました。

「親方様、やっと津波が収まったようです。しかしもっと大きなやつが来るかもしれぬと浜の長老が申しております」

「やはり津波は来ておったか。道灌様、ここは、丘の上にて動かずにいた方が得策かと。今のうちに腹ごしらえをしておきましょう。先ほど竈屋で見つけたものを、女どもが温めておりまする」

道灌は、「何から何まで気がつく男よ」と、鈴木道胤の心配りに感激しました。

結局、津波は静まり、一時は人の背の高さにまで達したのです。浜にあった漁師たちの掘っ立て造りである住まいは、大地震の縦揺れでほとんどが崩れましたが、津波で流されることはまぬがれておりました。

また、幸いなことに屋根が、軽いアマモ（海草）で葺《ふ》いてあったため、死者や大怪我の者は、ほとんどいませんでした。残念ながら、湊の船着き場は津波で流されましたが、蔵と貯蔵してあった穀物に被害はありません。

丘の上に避難した漁師たちは、ほとんど寝ていないにもかかわらず、翌日には自分の住まいを瞬く間に復旧させたのです。

砂に挿してあった漁師の家の柱は無傷で、ただ傾いただけであったのです。

板倉御厨《みくりや》の野盗退治

大地震の翌日にもかかわらず道灌は、妻を亡くしたばかりの斎藤小四郎基行と配下二十名を連れ板倉御厨《みくりや》（天皇領、伊勢山皇大神宮の領地、麻布十番あたり）の下司《げし》（御厨の在地長官）の館に向かっておりました。

この日の朝早く、板倉御厨から下司の使者が警護の要請に駆け込んで来たのです。

海を離れ、田んぼや畑が点在する御厨に入ると、地震の影響がそれほど感じられないのどかな景色が広がりました。

「いい匂いじゃ。ここは、大地震などなかったようじゃ。今年はさぞや豊作であったのだろう」

と、道灌は乾いたわらの匂いを久々に嗅ぎ、板倉御厨がある土地の豊かさを感じておりました。

この時、関東では長く続く戦乱と、天候不順、さらに前年から二年続きの寒い夏が訪れ、酷い飢饉が人々を襲っておりました。

神仏を崇め穏やかに暮らしてきた人々でしたが、神々が教えた他人への思いやりなどは飢饉のせいで世の中から消え失せ、自分のことしか考えられない輩や、野盗がはびこるようになっていたのです。

治安は悪くなる一方で、残虐な野盗が各地に出没しており農民を苦しめておりました。

一昨日も、大地震のどさくさを利用した野盗が板倉御厨を襲ったのです。

そもそも、道灌が品川に来たのも、板倉御厨を預かる伊勢山皇大神宮の祢宜《ねぎ》、荒木田氏《うじ》経《つね》より「野盗退治」の依頼が、道灌主君、相模守護上杉持朝《もちとも》にあったからなのでした。

去年は、品川にも野盗が現れ、斎藤小四郎基行《もとゆき》の館などが襲われていたのです。

妻を昨日亡くしたにもかかわらず基行が同行したのは、野盗に家臣を殺された強い恨みがあり仇を討つつもりで、野盗退治の機会を待っていたからでした。

板倉御厨の下司、二階堂助清《すけきよ》の屋敷は辛うじて無事でありましたが、屋敷を守る追捕使《ついぶし》たちは、ほとんどが傷を負い、下司である助清も重傷を負って、急ぎ道灌たちに助けを求めたのです。

実は、御厨の北隣を支配する豊島氏にも助けを求めましたが、「我が領内にも野盗が襲来しておる。助けている余裕などない」と、断られていたのでした。

道灌は板倉御厨に着くなり、床に伏せる下司、二階堂助清を見舞いました。

「昨日、我らは野盗どもと戦い、辛うじて撃退したが、配下の者たちは動けぬほどの傷を負い、今一度襲われたら何もかもが奪われ申す。道灌殿が追捕使となって、お助け願いたい」

助清は道灌に力ない声で懇願しました。

「もとより我らは、二階堂殿と御厨をお守りする覚悟。どうか、ご安心召されよ。追捕使は、ここにおる品川の斎藤（小四郎基行）殿に補任されよ。もちろん我らも手伝いますゆえ」

と、道灌は答えたのです。

道灌が地侍である斎藤小四郎基行を追捕使としたのは、すぐ南にある増上寺一帯が敵対する鎌倉公方成氏《くぼうしげうじ》与党の千葉氏が仕切っており、扇谷上杉氏の家宰の息子である自分が受ければ、いらぬ摩擦を生むと見たからでした。

館に着いた一時《いっとき》（約二時間）後、外で見張りをしていた番衆が、駆け込んで来て報告しました。

「野盗らしき三人が館の左右（状況）を見ております」

「あい、分かった。我らの馬は見られていないであろうな」

「はっ、見られてはおりませぬ。すべての馬は館に入れ申しました」

「襲撃は近いかもしれぬ。奴らも昨日で手ごたえを得ていよう。見張りを残し、皆を集めよ！」

と、傍らの斎藤新左衛門安元に命じました。

すぐに、控えの間にいた道灌勢たちが集まりました。

「各々方《おのおの》、非道な野盗どもは根こそぎ退治せねばならぬ。油断させて御厨に入り込ませ一気に討つ。よいか、誘い込む前に我らの待ち伏せを覚られてはならぬぞ。野盗どもは我らがおるのが分かれば、逃げ出すであろう。逃げ出す前に討つのじゃ。もしも取り逃がしたら、智宗、逃げ出した野盗どもの後をつけ、必ず隠処《かくれが》をつきとめよ！　後で一網打尽に討ち取る」

と、道灌は大きな力強い声で言いました。

「野盗は、昨日は二十名ほどで襲って来たと聞く。決して侮ってはならぬ。大地震にかこつけて襲って来る奴らは、悪辣《あくらつ》な外道に違いない。外道ならばこそ、我らに死に物狂いで立ち向かってこよう。我らは、本物の武士の魂、「仁、義、勇」を示さねばならぬ。野盗などには絶対に負けられない戦いじゃ」

と、皆を鼓舞した後、続けました

「役所《やくどころ》につくのは夜でよいぞ。地震の疲れもあろう。それまで寝てくれ。奴らが襲うとしたら今夜か明日の朝と見た。役所は安元が決めよ。探索は智宗に任せる」

今度は、少し優しく声を掛けました。

道灌勢には、智宗と選ばれた同朋衆の中に、夜目の利く「一乗」と耳が良い「慈覚」、鼻の利く「道智」が、館周りの見張りの役所についていました。

智宗はじめ同朋衆の三人は、江嶋《えのしま》は岩本坊（神奈川県藤沢市、江ノ島神社、現岩本楼）の出身で、武術に優れた修験者たちでした。

少し明るくなった頃、耳の良い慈覚が遠くから近づく野盗の馬蹄の音を聞きつけ、安元を起こしました。

安元の使い番が、それぞれの役所に走り、賊の侵入を知らせます。

道灌も知らせを聞き、浅い眠りから起き上がり、すぐに気を引き締めました。

「いよいよじゃ！」

皆に緊張が走ります。

下司の館に通じる巾一間《はばいっけん》（約一・八メートル）ほどの道は、両側に低い植え込みがあり、あたりには全く人気がなく、野盗たちは用心しながら馬の歩を進め、集落の手前で止まりました。

「何かがおかしい。嫌な予感がするわい。五人で下司の館を見て参れ」

と、頭が先頭に目配せをし、五騎が用心しながら、半町（約五十メートル）先の御厨の冠木門《かぶきもん》へゆっくりと進んでいきます。

野盗どもの中にも鼻の利く者がいるらしく、しきりに首を振って「人がいるかどうか」を嗅いでいます。

その他の者は、冠木門や館の周りに人気のないのを確認すると、「今日こそは根こそぎいただく！　頭たちを呼べ！」と、合図をしかけた時、「待て！　誰かおるぞ！」と、鼻の利く者が叫びました。

道灌は館の中でこの様子を見守りながら、屋根に潜ませた弓衆に、合図の時を測っておりました。

「何とか、我らに気づかずに仲間を呼んでくれ」

そう祈っておりましたが、鼻の利く賊が叫んだ瞬間に、

「やむなし！」

と、天井を叩いて攻撃の合図を出したのです。

館の屋根に伏せていた弓衆が一斉に起き上がり、「おりゃー」と、大声を上げながら様子見の野盗ども目掛け矢を放ちました。

冠木門の広場で立ち止まっていた野盗は、踵《きびす》を返す間もなく、広場の両側からも、かわしきれないほどの矢を射掛けられたのでした。

屋根の上の大声は、両側に陣取る弓衆への合図でもあったのです。

「うぎゃー」という野盗どもの悲鳴が響きわたり、先を争って逃げ出そうとしますが、広場から急に細くなる道に馬がつかえ、立ち往生しております。

そこに目掛けて道灌勢、渾身の矢団の雨が「これでもか」と降り注いだのです。

小具足で身を固めた野盗たちは、兜は着けておらず、矢が馬の体や自分の肩や腕、足を貫き転げ落ちました。

動けなくなった者に、道灌勢が駆け寄りとどめを刺したのです。

「引け、引けー！」

矢の飛び交う様を入り口で見ていた野盗の頭が、慌てて叫びました。

逃げ足の速い数騎の野盗は、頭が命じる前にすでに逃げ出していました。

すると、集落の植え込みの裏に隠れ様子を窺っていた村人たち二十人が、逃げる野盗目掛けて石を投げつけたのです。

石をくらった賊三人が馬から転げ落ちました。転げ落ちた三人の野盗にさらに村人が群がり、農具のむちが次々と襲ったのでした。村人たちは動かなくなるまで容赦なく叩き続け、野盗らはその場で息絶えたのでした。結局、逃げおおせた野盗は十三騎だけでした。その背中にも、道灌勢と村人たちの勝鬨《かちどき》が響きわたり追い立てたのです。

道灌は、この一部始終をつぶさに観ており、特に、村人の動きには目を見張りました。

凶悪な野盗も、一旦怯んだ者は、村人たちの敵ではありません。人は、自分より弱いと分かれば、強気になるもの。普段は優しそうな農夫が、残酷なまでに死ぬまで叩き、こづきあげ、突いたのです。

その日の昼前には、顔が分からないほど痛めつけられ、腫れ上がった野盗八人の首と躯《むくろ》が集落の入り口に晒され、カラスの餌食にされておりました。

「安元、普段は戦うことのない村人も、勝てると分かればやりおる。躊躇なく戦うものよのう」

「さようでございます。農民は、我々武士と違い命を惜しむもの。負け戦と分かればさっさと逃げ出し、勝ち戦では武士同様の働きをするものです。勝ち負けを嗅ぎ分けるのも、我々より長けておると思われます」

「なるほど、農民も使いようじゃ。勝ち戦か負け戦かは、命を惜しむ農民だからこそ見分けられると申すか？」

「その通りでございます若様、我らは、はなから命なきものとして、負け戦でも遮二無二突きかかるものですが、農民はちと違います」

「百姓上がりの足軽を使う時には、その辺を考えなくてはならぬのだな」

道灌はそう言い、

「此度は、誠に良いものを見させてもらった」

と、強く記憶に留めたのです。

芝増上寺門前

この日の昼過ぎ、下司の館で帰り支度をしている道灌のもとに、御厨の村人たちが、道灌に会いにやって来ました。

「一昨日、地震の騒ぎの中、奴らは米や白布だけでなく、十人もの女たちをさらって行きましただ。お侍様、何とか取り戻してくださらぬか。お願い申します」

「村長《むらおさ》殿、今、野盗の後をつけさせております。奴らの隠処を見つけ出し、必ずや退治しましょう。退治する時には、きっと女たちを見つけ出し、連れ戻します。どうかご安心召され」

「奴らは執念ぶかく、逃げ足も速く腕力も強い。とても一筋縄ではいかないと存じます。されど、我らの願い、何とか叶えてくだされ」

「村長殿のご心配、ごもっとも。きっと女たちも、そして米も白布も、全て取り戻してご覧いれますぞ」


夕方、道灌は板倉御厨より鈴木道胤の品川館に戻りました。

野盗の後をつけていた智宗は、隠処をつきとめ、すでに品川館に戻っておりました。

「ご苦労であった。して、どうであった智宗」

「御厨の半里東にある増上寺門前の博打場に奴らは逃げ込みましたでござります。これが大門一家という者が商う博打場で、野盗の隠処のようでございます」

と智宗が答えた時、鈴木道胤が割って入りました。

「以前から、その噂は聞いておりました。門前は千葉様の息がかかった方々が仕切っておられます。原胤則《たねのぶ》という お侍の小者で辰五郎という者が、博打場や飯盛り宿、巫女宿など手広く商いして、大門一家と名乗っております」

「さようか。増上寺には話しておかねばなるまい」

と、同席した宇田川清勝に顔を向けました。


増上寺の前身は、「空海」の弟子「宗叡《しゅうえい》」が開いた「真言宗、光明寺」でありました。明徳四年（一三九三年）、千葉氏出身の「西誉聖聡《ゆうよしょうそう》」が浄土宗に改宗し、名を増上寺と改め開山しました。

増上寺二世も千葉氏出身の「聡誉西仰《そうよさいぎょう》」でありましたが、道灌が品川を訪れたこの時は「音誉聖観《おんよせいかん》」という金川（横浜市神奈川区）の運慶寺（浦島太郎の寺）の住持出身の僧侶が務めておりました。

音誉聖観は金川の運慶寺にいた頃、太田道真、道灌父子と和歌を通じて交流があり、道真が音誉の和歌の師匠であり、宇田川清勝はそうしたことを取り持った男でした。


宇田川清勝が増上寺に出向き、道灌からの野盗退治の申し出を話すと、

「それは仏道にもかなうこと」

と、音誉は、一も二もなく快諾し、さらに、

「腕の立つ僧十名を、警護のため同行させましょう」

と、協力を申し出てくれたのでした。

宇田川清勝が増上寺から戻ると、鈴木道胤が、歌舞伎者で派手な出で立ちの、配下である萬五郎と鶴亀丸を連れてやって来て、

「道灌様、ここに控える萬五郎と鶴亀丸を、野盗退治にお加えくだされ。萬五郎と鶴亀丸は、かつて大門一家で働いたことがあり、家の中を知り尽くしております。二人は、あくどいやり口の辰五郎とぶつかり、品川に逃れてきて我が家に草鞋《わらじ》を脱いでくれました。我が手下ながら侠客というのに相応しい、弱きを助け、強きをくじく、曲がったことが大嫌いな自慢の男たちでございます」

と、二人を引き合わせたのです。

萬五郎と鶴亀丸は、鈴木道胤の言いつけでずっとひれ伏しておりました。

本来ならば、歌舞伎者や侠客は、偉そうな武士などに頭は下げないものですが、先日の道灌の働きぶりに感心し、ひれ伏していたのです。

「萬五郎と鶴亀丸とやら頭を上げよ。ほう、大地震の夜に小四郎殿の館で世話になった男たちではないか。礼を申すぞ！　二人に尋ねる。ところで侠客とはそんなに仁義に厚いものか？」

「わしら、そんな上等なものではありゃしませんぜ。ただ弱い者いじめが大嫌いなだけで

さあ。自分は根っから馬鹿な男で、相手がどんなに強くとも、突き掛かる心意気だけは持っているつもりでさあ」

「これ、萬五郎！　殿に、ご無礼のないように話さんか」

「かまわぬ。萬五郎、今のままでよいぞ。して、辰五郎というのはどういう男じゃ？」

「なあに、ケチな男でさあ。人の弱みに付け込んで、儲けることが上手な男なんでさあ。おまけにカッパライや人殺しなんぞも平気の平左なんでさあ。それでこちとら、ちと、馬が合わないんでさあ」

「あい、分かった。両人を加えよう。萬五郎と鶴亀丸とやら、よろしく頼むぞ」

道灌はそう言って軽く頭を下げました。

「へへい！」

と二人はまたひれ伏し、偉いお侍が自分たちのようなものに頭を下げたことに、「こいつは器量が大きいわい」と二人とも感心していたのです。

「明日は雨が降り出しそうですな」と、智宗が予想すると、

「では、野盗退治は日延べですかな？」と宇田川清勝。

「萬五郎はどう思う？」

と、道灌は訊きました。

「雨と分かれば奴ら、酒びたりで女としけこみやす。雨が降り出した日にゃあ、外など出

ずにゴロゴロしているだけでさあ」

「では、決まりじゃ！　明日の早朝に退治に出向く。今夜は品川稲荷で野盗討伐祈願の祭りをする。安元、手配りを頼むぞ」

「承知！　ところで、若様は明日、こちらの館でお待ちくださるように」

「何を言う。安元、わしも行くぞ」

「なりませぬ、若様。門前には千葉一味の原胤則がおりまする。退治騒動に気づけば出張ってきましょう。後で面倒なことになるやにしれません」

これを聞き道灌も、「安元の言うこと、そうかもしれぬ」と、瞬時に判断し、

「あい、分かった。わしはここで待つとしよう。首尾よく頼むぞ」

そう皆に言い渡しました。


結局、道灌は、智宗と三人の同朋衆と一緒に品川に残りました。この決定が道灌の今後の運命に大きく関わってくるとは、この時誰も、分かるはずはありませんでした。

次の日、冷たい雨の中、追捕使、斎藤小四郎基行と斎藤新左衛門安元が騎乗、先導して野盗退治の討伐衆二十五名は、増上寺門前に向かいました。

萬五郎の読み通り、野盗たちは酒浸りのところを襲われ、ほとんど抵抗する間もなく、

痛めつけられたうえに取り押さえられたのです。隣の飯盛り宿に捕らわれていた板倉御厨の女たちも、無事に救い出されました。

この時、騒ぎを聞きつけた原胤則が出張って来ましたが、増上寺の僧たちが事情を話し、野党一味と御厨の女たちは、追捕使である斎藤小四郎基行に引き渡されました。

雨が上がった昼過ぎ、斎藤小四郎基行と同朋衆が板倉御厨でさらわれた女たちと、盗まれた米と白布を大八車に載せ板倉御厨に届けたのでした。

ひいとの出会い

夕方、斎藤新左衛門安元と討伐衆、萬五郎や鶴亀丸たちは、増上寺門前の巫女宿にいた榛名山《はるなさん》の神楽師と巫女たちを品川館に連れて来ました。

聞けば、辰五郎に巫女頭が拉致され、その後五人の巫女や神楽師も人質に取られ、巫女たちは言いなりになって客を取らされていたというのです。

「品川には、頼りになる太田道灌様と、鈴木道胤様というお方がいるので、安心して世話になるがいい」

との萬五郎の言葉で、ここにやって来たとのことでした。

巫女頭と巫女たちは、太田道灌と鈴木道胤に深々と頭を下げ感謝を表しました。この時、道灌は軽く会釈しただけで、巫女たちに特には関心を寄せておりませんでした。道灌はこれから段々と寒くなる中、品川湊の復旧作業のことで頭がいっぱいであったのです。

この榛名山の巫女たちの中に、「ひぃ」という少女が、道灌を特別な思いで見つめておりました。「ひぃ」は、ずば抜けた呪力を持つ者として、次の巫女頭を約束されていたのです。その「ひぃ」が、道灌にとって非常に大切な存在になることを、まだ道灌は知る由もありませんでした。

その後、品川湊は鈴木道胤や道灌の手下の者の手伝いもあって、十日ほどで桟橋や蔵、漁師たちの住まいまで復旧したのです。

この復旧工事の間、道灌と道胤は食糧の他、多額の資金を提供し、湊の者から「道灌様と道胤様にには、足を向けては眠れない」と、大いに感謝されたのでした。

享徳関東大地震

「天災は忘れた頃にやって来る」と言いますが、先の東日本大地震からわずか十七日後の享徳三年十二月十日の寅の刻、今度は相模湾を震源とする直下型の大地震が発生しました。

この日、日常に戻った道灌は、寒さの中いつも通り冷水で身を清め、髭を剃り身支度を整えておりました。

突然、「ダン！　ダン！　ダン！」と、尻を突き上げる小刻みな縦揺れが、道灌を襲います。「またか！」と思いましたが、明らかに前回と揺れが違います。前回は波のような大きな揺れでしたが、今日の地震の揺れは周期が短く、縦揺れと横揺れが同時でした。

地震の感触が分かるほど、道灌は落ち着いていたのかもしれません。

中庭に避難すると、お側衆の小姓や智宗、安元、道胤がすぐにやって来ました。

先日の大地震同様、揺れはしばらく続き収まりましたが、道灌はまだ揺れているように感じておりました。実は、ほかの者も同じように感じていたのです。

大地震は二度目のことでもあり、揺れが収まると道灌は、目黒川や湊が見渡せる品川稲荷横の巨木が生える高台に行き、海の様子を窺いました。

揺れが収まった海岸の風景は、何も変わらないようにも見えます。

「智宗、津波が心配じゃ。品川稲荷の半鐘を鳴らせ」

「承知！」

と、智宗は、駆け出して行きました。

しばらくすると「カン！　カン！　カン！」と、智宗が力強く鳴らす半鐘が響きわたり、品川稲荷の参道の坂を、大勢の湊の者たちが荷物を担いで上ってくるのが見えます。

「道胤殿、炊き出しじゃ。炊き出しを頼みますぞ」

「はい、お任せください。すでに使いの者をやっております。先日、御厨からいただいた米とイモがあるゆえ、すでに作っていると存じます」

「さすがは道胤殿。いつもながらの手際の良さ感服いたした」

「津波が来なければよいが……」

と、道灌は海を眺めながらつぶやき、その場に座禅を組みました。

「ナムサンマンダー、モトナン、オハラチー、コトシャーソノナン――」

道灌が消災呪を唱えだすと、他の者も横に座禅を組み、力いっぱい大津波が来ないようにと唱和したのです。

災いを消してくださるありがたい仏様の消災呪でしたが、皆の願いは叶えられず、地震から四半時《しはんとき》（約三十分）後、沖に黒い壁が現れ近づいて来ます。

「これは大変じゃ。大津波が来るぞ！」

道胤がそう叫んだ時、目の前の目黒川の水が引き出して川の底が見え始めました。

「まずい！　大きいのが来るぞ！」

道灌も消災呪を止めて、腰を浮かしました。

黒い壁はどんどん近づき、湊を覆い尽くしていきます。

皆、言葉にならない声を上げ、湊を見つめる中、道灌は、再び座禅を組み直し、観音経を唱えだしたのです。

今度は、人々が冷静になるように、また命が助かるように必死に祈ったのでした。

神仏にお願いしても、大津波は繰り返しやって来ました。

「あーあー」という見ている者の声の先では、海岸にある先日建て直したばかりの桟橋や、蔵、漁師の住まい、漁師小屋が次々に沖に流されて行きます。

「皆、避難できたであろうか？　流されている家の中に誰もいなければよいが……」

と、道灌は祈るばかりでした。

公方成氏《くぼうしげうじ》乱心

大地震の翌日、死んだ者の弔いを済ませるとすぐに、道灌が指揮して復興作業が再び始まりました。

今回は大津波で家ごと流されたため、助かった者の家を一から造らねばなりません。

「近くの森から木を切り出して湊に運べ。湊の者の住まいを拵《こしら》えるのじゃ」

と、道灌は自慢の築城術を活かして、先ずは漁師たちの仮住まい造りから始めさせておりました。道灌と小四郎基行、道胤の手下など七十人ほどが力を合わせ、漁師たちの仮住まいを築造するのです。

これには湊の漁師たちも大喜び、「道灌様も道胤様も、神様じゃ」と、道灌を見掛ければ両手を合わせ、頭を下げました。さらに自分たちも、喜んで木材運びや穴掘りなどを手伝ったのです。

救護所となった品川稲荷では、禰宜と増上寺門前で助け出された巫女たちが、食糧探しや食事の世話のためにかいがいしく立ち働きました。これで巫女たちも品川湊の者たちに、自然にとけ込み受け入れられたのです。

二十日ほどで仮住まいも完成し、今度は大事な桟橋作りです。丘に打ち上げられた船の修理も進み、徐々に品川の湊にも活気が戻りつつありました。

関東大地震で破壊されたのは、品川湊ばかりではありませんでした。震源に近い鎌倉では、地震と大津波により品川湊以上に被害は深刻でした。

享徳三年十二月二十七日、混乱に乗じて大事件が出来したのです。

なんと、鎌倉公方足利成氏《しげうじ》が、関東管領山内《やまのうち》上杉憲忠《のりただ》を殺害したのでした。

「大地震で世が乱れたのは、余の言うことを聞かず悪政を行い、これほどの災いをもたらした管領上杉憲忠に全ての責任がある。自分には全く責任はない」

と、公方成氏は全く身勝手な結論を導き出していたのでした。

「よって天罰を下す！」

として、鶴岡八幡宮寺の東、西御門にて、管領憲忠謀殺という凶行に及んだのです。実行犯である公方御一家、一色長兼《いっしきながかね》と公方客将、武田信長《のぶなが》が管領上杉憲忠を地震被害の視察と称し、西御門におびき出し護衛もろとも殺害したのでした。

これより十年ほど前、相模守護であった武田信長は、扇谷上杉氏に力ずくで守護の座を奪われていたのです。

この時に戦ったのが、扇谷上杉勢の家宰太田道真で、その仕返しでもあるため、大地震で混乱する中、武田信長は太田道真の館も焼き討ちし、大地震で混乱する鎌倉で、火事場泥棒のような非道を平気で行ったのでした。

そもそも、公方と管領は、互いに協力して関東を治めなくてはなりません。残念なことに、幼い足利成氏が公方になった直後から、やはり歳が若い管領の上杉憲忠と対立が始まっていたのです。

公方就任の三年後、その対立は江の島合戦へと発展、この時、管領方には太田道真がついておりましたが、公方成氏勢に敗れ、七沢城（厚木市）に立て籠もり対抗し、この時は前管領上杉憲実の仲介により収まりましたが、四年後、この惨劇が起こったのです。

大地震の前から戦の準備をしていた公方勢と、全く準備のない管領上杉勢では、結果は歴然でした。

管領憲忠を殺害した後、すぐに公方勢は、上杉勢の鎌倉山ノ内や扇ヶ谷一体に夜襲をしかけ、管領一味の長尾実景《さねかげ》らを殺害したのです。

さらに享徳四年（一四五五年）正月、両軍は島河原（平塚市）で激突しました。

公方方は憲忠を殺害した一色長兼、武田信長らが主力で、管領方上杉勢は相模の寄せ集め。太田道真勢や大森氏頼の兵らもおりましたが全く勝負になりません。

さんざんに蹴散らされ、たまらず上杉勢は伊豆に逃げ込みました。

これを追った公方勢は、三島（静岡県三島市）でも合戦に及び、こちらも公方勢の勝利に終わったのです。これらの戦いで家宰太田道真の扇谷上杉勢は数多くの兵を失い、大打撃を受けたのでした。


ちなみに武田信長は、この戦功で成氏から君津郷を与えられ、造海城《つくろうみじょう》（富津市）を築造。のちに子孫はこの一帯を支配し、真里谷《まりやつ》武田氏を名乗ることになるのです。


道灌のいる品川にも、管領憲忠殺害の一報や、その後の上杉方の敗戦などが、父道真からもたらされました。

「追って沙汰あるまで動いてはならぬ」

道真は道灌にきつく命じ、安元と清勝にも、

「道灌は若く血の気が多いので、無謀な戦いをしたがる。くれぐれも戦いだけは、押しとどめるようにお願い申す」と、伝えたのです。

「今、上杉勢は、連携が取れていない。このような時、戦えば必ず敗れるであろう」

と、皆を集めて話す道灌を見て安元は、

「道真様の杞憂であったか。道灌様は馬鹿な若者ではない。兵法をよく学び賢くいらっし

やる」と、感心しきりでした。

そんな中、安元が再び心配する事態が起きました。

負けっぱなしの上杉勢が、庁鼻和《こばなわ》上杉憲信《のりのぶ》と扇谷上杉顕房《あきふさ》、長尾景信《かげのぶ》が上州一揆と武州一揆を引き連れて北から鎌倉を目指したのです。

このことは、道真が品川にも知らせてきておりました。

公方方の間者《かんじゃ》が、南下する上杉勢を確認し、この報を受け公方成氏が、鎌倉街道を北上して増上寺に陣を取り、そこで千葉氏の軍勢と合流することになったのです。

享徳四年（一四五五年）正月十八日、「公方成氏が鎌倉を出陣、鎌倉街道を北に向かい増上寺を目指し、明日には増上寺に陣を敷くとのことで、原胤則から品川稲荷にも禁制《きんぜい》の無心が来た」と、品川稲荷の禰宜より道灌に知らせてきました。

「増上寺で、千葉氏の軍勢と合流するのであろう。ここは若様、吉良《きら》殿のところにお隠れください」

安元が促すと道灌は、

「いいや、吉良殿に迷惑をかけることになる。増上寺の音誉《おんよ》殿は、わしが品川にいることを言いつけることなどあり得ぬ。原胤則にも、わしが品川におることは、知られておりませんと、安元が申したではないか」

「万が一のことを考えねばなりません。公方様が動くのだぞ。行く先々に左右を見る間者たちを必ず置いているはずじゃ」

「わしが今ここで動くことで、間者に知られるかもしれぬ。公方様が動くのだぞ。行く先々に左右を見る間者たちを必ず置いているはずじゃ」

「先日、我らがお止めしたので、原胤則とは、面と向かってやりあうようなことはなかったではありませんか。どうか此度も我らの願い叶えてくだされ」

「それは恩に着ておる。原殿が公方様に、我らが品川にいることを申せば、行き掛けの駄賃で我らを攻めるかもしれぬ。しかしな、公方様も千葉方も、禁制（見返りを目的に、自軍に乱暴狼藉を禁じること）が目当てで増上寺に陣を敷くのであろう。金と糧米が手に入れば用済みとして、急ぎ府中に向かうはず。なにしろ上杉勢の動きは公方様に知られておる。一両日中には府中を通るゆえ、そこで待ち伏せるつもりとみた。だから、我らにかまっている暇はないはずじゃ。品川にいて敵の数など調べ、景信様に知らせようではないか」

「分かり申した。もしもの時は、すぐに逃げられるように準備だけはしておきまする」

結局、何事もなく公方一行は、品川を素通りして増上寺に向かったのです。

もちろん、音誉から公方への進言などなく、禁制に対する糧米や金を懐にした成氏は、翌日には、千葉勢を連れ武蔵府中（東京都府中市）に向けて慌ただしく出陣して行きました。

公方成氏勢は、物見からの一報を受け、上杉勢より一足先に分倍河原《ぶばいがわら》に着き、待ち伏せすることができたのです。

そうとは知らずに進軍してきた上杉勢は、この河原で側面からの不意打ちを食らわされ、散り散りになって敗走したのでした。

これにより庁鼻和憲信は討死してしまい、関東管領上杉顕房は傷を負い、後に自害しました。

残った上杉勢は、常陸国小栗城まで逃げ延び籠城したのでした。

勢いに乗った公方成氏は、上杉勢を追いかけ結城御厨に陣を敷くと、小栗城にたびたび攻撃を仕掛けましたが、小栗城を落とすことはできないまま数か月が経過したのです。

劣勢に陥った上杉方は京で巻き返しを図るべく忙しく動き、幕府管領、細川氏を味方に引き入れ、三月末には、ついに御花園天皇から足利成氏追討、関東御静謐の御旗を手にしたのでした。

これにより公方成氏は、自身がもっとも恐れていた朝敵となってしまったのです。しかし、公方成氏もただ手をこまねいていたわけではありません。幕府管領の畠山氏を頼りに外交努力をしたのですが、上杉方が頼んだ同じく管領の細川氏の力が勝っていたのでした。

武士が戦うには大義名分が必要です。

上司である公方を討つには、御旗という大義名分がどうしても必要で、これを得た上杉勢は当然に息を吹き返したのでした。

また、新たな関東管領には上杉房顕《ふさあき》が補任され、京から下向することになったのです。

四月、関東御退治の御旗は、今川範忠《のりただ》らに下賜され、六月には鎌倉に入ろうとしておりました。御旗が下賜されるまでは、道灌にとっても公方成氏は主君であり続けたため、本気で戦いを行えるわけがないのです。そして、御旗が下賜されてからは、成氏を朝敵として今度は本気で戦わなくてはならなくなったのでした。

千葉氏の下剋上

康正元年（一四五五年）六月十六日、幕府軍の将として今川範忠が、大軍を率いて公方成氏勢のいる鎌倉を攻めました。

公方成氏は味方のいる古河《こが》に逃げ込み、以後古河公方と呼ばれました。

この時、鎌倉より数多くの商人や僧侶なども古河に移り住んだのでした。

関東では、この年も三年続きで夏のない寒い年となり、戦乱と飢餓が人々を襲いました。

また、この年には武蔵国の隣、下総国《しもうさ》（千葉県北部）で幕府、上杉方の千葉胤賢《たねかた》が重臣の原胤房《たねふさ》と馬加康胤《まくわりやすたね》らに襲われ一族を殺される事件、いわゆる下剋上が起こりました。

その時、子の実胤《さねたね》、自胤《これたね》は辛うじて市川城（千葉県市川市）に逃れましたが、ここも成氏方の支援を受けた原胤房に攻撃され、康正二年一月、ここを追われることになったのでした。

その後、原胤房は千葉介《ちばのすけ》を名乗ることを公方成氏から許され、千葉家の乗っ取りに成功したのです。

一方、胤賢の子の実胤と自胤は道灌に助けを求め、これに対して道灌は、実胤に石浜城（台東区橋場）、自胤には赤塚城（板橋区赤塚）を与えて手厚く保護し、家の再興を支援したのでした。

道灌は、主君に外道の振る舞いがないのに、配下の者が行う「力こそ正義の下剋上」を、「神の世が乱れる」と認めなかったのでした。

康正二年（一四五六年）五月、さらに日本中の人々を不安にさせることが続きます。

大ほうき星（ハレー彗星）が日暮れの空に現れ、「何か悪いことや災害が起こる」と、日本中を恐怖に落とし入れました。

そのような中で、主君扇谷上杉持朝《もちとも》は家宰の息子である道灌に、新たな築城を命じたのです。武蔵国と下総国の境に太田道灌を置くことで、利根川の左に陣取る公方成氏与党の千葉勢から攻め込まれないようにと、両上杉氏勢が考えたからでした。

道灌はこの間、公務の合間を縫って、智宗たちと修験者姿で身を隠しながら徒歩で関東の諸国を巡り、地形や渡河できるところなどの見聞を深めておりました。

今回、道灌は、主君扇谷上杉持朝から築城の命を受け、再び品川館にやって来たのです。道灌はここに腰を据えるため、妻と弟、家臣、配下の者たちも呼びました。

百名を超える道灌勢が品川湊にやって来たことは、増上寺門前にいる公方成氏勢の原胤則にも知れることとなり、守りを増強したのです。

また、この地を以前から支配する豊島氏なども上杉勢ではあるものの、道灌の進出は気に入らず異を唱えておりました。

一方、道灌の進出を喜ぶ豪商鈴木道胤は、自分が見込んだ武将である道灌のため、大きな館を用意してくれていました。

「たいそう立派な館ですこと」

山内上杉家執事長尾景信の娘である道灌の妻も、この地に着くなり、喜びを隠し切れずにおりました。

「殿もしばらくはここに腰を据えられ、私と一緒に暮らせそう」と、妻は思ったのです。道灌は家を空けることが多く、ひと月に一度会えるかどうかで寂しかったのです。実を言うと道灌は、この景信の娘は内心苦手で、会う機会をできるだけ少なくしていた結果でした。

道灌は、武術の達人となった弟の図書助（太田資忠《すけただ》）と一緒に暮らすことが叶い、それが品川での一番の楽しみでした。もう一人の弟六郎も武術に熱心ですがまだ幼いため、今回は呼ばず糟谷《かすや》の館に残していました。

道灌は、図書助が「戦斧《せんぷ》の術では、天下無双、弓馬の術も達人である」と配下から聞き及び、誰よりも信用できる戦力と、農兵養成の良い師匠として期待していたのでした。

道灌自身、弓馬の術はもちろんのこと、学問に書、和歌や琵琶の演奏など、幼き頃から日々厳しく鍛錬をしておりましたが、図書助は武術一筋、一日の大半を弓馬と槍、戦斧の稽古に明け暮れていたのです。

道灌も大きな体格をしておりましたが、図書助はさらに背丈が頭一つ高く、上半身は分厚く立派で、相当修練を積まないとできない体格をしておりました。

父である道真の教え、「夕べに命無きものとして、何事も死に物狂いで行え」を、三人とも忠実に守り、いや、忠実に守るどころか「大好きなもの」として必死に鍛錬し、それぞれ達人の域にあったのでした。

「図書、久しぶりじゃ！　逞しくなったのう。弓や戦斧がたいそう上達したと聞いておるぞ。明日にでも、わしに見せてはくれまいか」
「はい！　兄上、明日、是非お見せしとうござります」

品川館の庭には、小さいながら道場が設えてありました。南無八幡大菩薩の祭壇の周りをしめ縄の結界で囲い、土を平らに踏み固めてあり、その上、木の葉などは綺麗に掃き清められ、神聖な場所であることを感じさせる道場でした。周りは、大木が囲んでいるため、武具の合わさる音や風切りの音が、より迫力を増して響き渡り、また、大木たちが周囲を固め、この木漏れ日が心地よく修練を後押ししてくれるところでした。

次の日の午后《ごご》、道灌が道場に入ると、すでに図書助が道灌を待ちかねていました。深々と頭を下げた図書助は、稽古袴に上半身は裸で何もつけておらず、自分の背丈ほどの戦斧を垂直に構え、誠に堂々たる姿に道灌は見とれました。
「左右袈裟懸け足払い」と図書助は型を口上、さらに一礼し、型打ちを始めました。重い戦斧が、思い切り振り下ろされ、足を払って、その場にぴたりと止まります。

「え！　何で、重い戦斧を止めることができるのか？」

と、見ている者は皆一様に驚かされました。

もちろん道灌もその一人でした。

その後も口上の後、繰り出される戦斧の型は全て軽々と、まるで軽い杖を扱うがごとく繰り広げられたのです。

さらに戦斧を槍術と同様に、頭上や背面で軽々と回しながら、繰り出す胴払いや突き上げなど、見ている者に「ピシュー！　ピシュ！」と、戦斧の風切りの鋭い音が聞こえ一同は感心するしかありませんでした。

ひと通りの型を終えると、図書助の全身から立ち上がる湯気が打ち込みの激しさを物語っています。

「いや、見事じゃ！　天下無双じゃ！　よくぞ鍛錬したのう。良いものを見せてもらった。礼を申すぞ」

と道灌が言い、拍手で称えると、見物人の全員もやんやの喝采と拍手で図書助を称えました。

増上寺門前、図書助の決闘

康正二年八月、新装なった品川館に弟や配下の者たち全員を集めた道灌は、

「わしは、誰にも攻め込まれない新たな城を造る。また、扇谷上杉家、太田家の戦力増強のため、新たな城にて農民を集め、半年で足軽兵二百名、毎年四百名を養成する。また中国兵法に習い、敵の動向を探る多数の間者の育成もしなくてはならない」

と、改めて宣言しました。

「先ず手始めは、江戸城下、増上寺門前から公方成氏一味の原胤則を一掃する。図書助頼むぞ」

と、弟の図書助に命じました。

図書助は天にも昇る気分でした。

「やっと兄のため、自慢の戦斧が実戦で使える」

図書助にとって、自分が大将になることはおろか、本格的な戦闘も初めてのことであったのです。

父道真は、兄の道灌に比べ書や学問が嫌いな図書助を、「半人前で頼りにならぬ」とい

つも言っておりました。その半人前の自分が、「こうして兄から頼りにされている」ということが図書助は本当に嬉しかったのでした。

明くる朝早く、道灌も立ち会って品川稲荷で戦勝祈願祭を執り行い、増上寺門前に向け出陣。大将太田図書助が先導し、安元以下、手勢二十騎、足軽、小者や道案内の萬五郎、鶴亀丸など総勢九十名が、増上寺門前を目指しました。

この道灌勢出陣の知らせは、品川にいた千葉勢の間者から、門前の原胤則にすぐに届きました。原胤則は、配下に天下無双の剣豪がいることで、一戦交えるつもりでおりましたが、万が一を考え、逃げる船を芝の桟橋に用意させておりました。

頼りとする天下無双の剣豪とは、鹿島神流の剣の使い手「吉岡源四郎胤実《たねざね》」でした。

吉岡源四郎は、増上寺大門前に陣取り、少し離れた船着き側に原胤則勢の三十人ほどが鎧兜で身を固め、道灌勢を待ち構えておりました。

吉岡源四郎は紺色おどしの鎧兜、兜の立てものは日輪、妙見信仰の千葉氏の家臣らしい太陽神の立てものでした。

太田図書助は父道真から贈られた色々おどしの鎧兜に、立てものは短い鍬形《くわがた》で、かなり目立つ若武者らしい出で立ちです。

その図書助が大門に近づくと、吉岡源四郎のすさまじい視線を感じ、馬を止め、少し緊張しながら声を上げました。

「やあ、やあー、我こそは太田道真が一子、太田図書助資忠と申す者。そこなる武芸者、我らに刃向かうと申すか。名を名乗られー」

「我は原胤則が家臣、鹿島神流の吉岡源四郎胤実。そこなる騎馬武者、太田図書助とやら、馬を降りての立ち合いを所望す」

「あい、分かった。この戦斧にてお相手申すがよろしいか」

「承知！」

この時、吉岡源四郎は「この勝負もらった！」と、思いました。

「相手は、出で立ちや声からして緊張した若者。それに長槍に斧《おの》の付いた戦斧が得物。速さが出せぬ長柄の重い武器。そんな武器でわしに一対一で挑むとは何という馬鹿なやつ。こちらは短めの大刀、速さが違うわい。一撃さえしのげればこちらのもの」

と、瞬時に頭を巡らせたのです。

戦国初期、戦いの作法として、家の名や修行流派を明らかにして行う一騎打ちは、ごく一般的なことでした。この頃の武士は皆、弓馬の術を日々鍛錬しており、家の名誉をかけて鍛錬した武術を披露するため、一騎打ちが好まれたのです。

「おのおの方、手出し無用にござる。いざ参る！」

と、図書助は緊張がほぐれぬまま戦斧を右上段に構え、源四郎に向かい三歩前に出ました。

源四郎は青岸《せいがん》の構えで少しも動かず、腰を少し下げ、相手の一撃をかわすため膝に余裕を持たせておりました。

ここで図書助は、源四郎が驚く行動に出ました。

戦斧を背中から頭上に振り上げ、時計回りに回転させ始めたのです。

図書助はこれで緊張をほぐすつもりであったのですが、相手の源四郎は重い戦斧を軽々と振り回す若者に、不覚にも恐怖を抱いてしまったのでした。

「まずい！　落ち着け！　なんという力。重い戦斧を、あのように軽々と回すとは。そうか、刃先の出どころを分からなくしているのじゃな。刃先だけに集中すれば何ということはない。さあ、いつでも来い！」

と源四郎は、瞬時に気持ちを立て直していました。

戦斧を素早く振り回すことで、己の緊張感や恐怖心を振り払った図書助は、集中力を高めながらさらに間を詰めました。

踏み込めば相手に届くところで戦斧を背に回した時に、図書助に神（鍛錬の賜物）が降りてきてくれ、体が勝手に動きました。

図書助は、戦斧の持ち手を瞬時に持ち替え、右足を大きく源四郎の方に踏み込みこんで、今度は時計回りと反対に戦斧を、振り下ろしたのです。

「まずい！」

と、源四郎は右肩前に大刀を構え直し、払いのけようとしましたが、速く重い戦斧は大刀の刃先を簡単に折り飛ばし、さらに源四郎の兜の吹返と錣《しころ》を砕き首に達したのです。

「ズン！」という鈍い音と共に、源四郎の首から血しぶきが飛び、この返り血で図書助の顔や体は赤く染まりました。

原胤則勢はこれを見て、声もなく凍りつきました。

息を殺して、闘いを見つめていた太田勢は、「強い！　強過ぎる！」と、皆が思うも声は出せずに、一瞬の間があってから、「わー！　おー！」と、喚声を轟かせました。

この声を聞いた原胤則勢は、その場から一目散に逃げ出しました。

「皆の者、何をしておる！　さあー追うぞ！」

と図書助が叫び、馬に飛び乗ります。

初めての名立たる武者との決闘に図書助は勝利し、気が高揚していたのです。

興奮した状況では的確な判断が下せるはずもなく、図書助は勢いだけで追撃の命令を出したのでした。

「待てい！　待てぃー！　追ってはなりませぬ図書助様」

と、後ろで見守っていた安元が押しとどめました。

「何故だ。安元！」

「安元の言う通りじゃ！　分からぬか図書助！」

と、ここにいるはずのない道灌の声が背後から聞こえました。

これに驚いている図書助に、戦支度ではない道灌が、馬に乗り同朋衆を引き連れ、直ぐ横に近づきました。

横に並んだ道灌は、止めた理由を聞かせました。

「ここは、原胤則の街じゃ。我らをずっと待ち構えていたのだぞ。何か仕掛けがあっても不思議はない」

「見よ！　図書助。前方の道には羂索《けんざく》（ロープ）が敷いてある。無理に追えば、我らをそこで足止めし、両側の屋根から原胤則の弓衆に狙い撃ちされるであろう」

「なるほど。兄者の言う通りじゃ」

と、瞬時に反省した図書助ですが、そこは負けず嫌いが頭をもたげ、少し不服な様子が顔に現れたのです。

「道灌様は相変わらずお優しい。図書助様を心配で門前まで来られたのですかな」

と、図書助が不服そうなのを感じとった安元が間に入って話し掛けました。

冷静になる間を作ったのです。

「わしが浅はかでござりました」

道灌が安元に返事をする前に、図書助は素直に謝りました。

「それにしても吉岡源四郎とやらとの一騎打ち、見事であったぞ。図書助。吉岡源四郎殿の弔いは増上寺の音誉殿に頼めばよい。ねんごろに供養するのだぞ」

と、すかさず道灌はねぎらいの言葉を掛けたのでした。

「安元、屋根の上にいる敵の弓衆に声を掛けてやれ。今、引き揚げれば命は取らないと」

「屋根の上の弓衆に告げるー！　今、引き揚げれば追わずに逃がしてやる。さもなくば、一人残らず殺す。分かったらすぐに立ち去れー！」

安元が大声で声掛けすると、二十人ほどの弓衆が屋根から下り、警戒しながら湊に引き揚げて行ったのでした。


道灌からこの街を任された鈴木道胤は、増上寺門前の荷上場や店などを仕切るのに萬五郎を置き、鶴亀丸が飯盛り宿の主人や渡世人などに睨みを利かせ、以前にも増して街に賑わいをもたらしました。

江戸城築城

道灌は、新城の縄張り探しを始め、一応の心算を得ておりました。

これまでに道灌には、多摩川河口を領地とする宅間上杉憲直《のりなお》から、「加瀬山（川崎市幸区）はどうか?」と推挙がありました。

道灌は、上総国境から遠いことを理由に断りを入れようとしましたが、「相手の面子が立つように断りなされ」と安元が言うので、「ここは良いところと思ったが、加瀬の台地で寝た時に夢に白鷺が現れ、わしの兜をくわえて持ち去ってしまった。夢が不吉であったので、残念ながら、この地は断念する」と道灌は、宅間殿に断りを入れたのです。

また、世田谷城の吉良殿からは、「馬込《まごめ》の天神山（東京都大田区）はいかがか?」と推挙がありました。馬込も、地形が理想通りでなかったので、「良いところでありますが、当地の農夫に尋ねると、ここが九十九谷《つくもやつ》だと教えてくれました。九十九とは百に一つ足らない。また苦重苦と読み不吉である。残念ながら新城の候補地としては、相応しくあり申さん」と、天神山を断念したことを伝えました。

そんな中、周辺を智宗ら同朋衆と探し回り、ついに「ここは」というところを道灌は見つけました。そこは昔、江戸氏が館を築いていたところで、江戸湊に近い海岸の崖の上にある台地でした。北に平川が流れ、南には局沢川《つぼねさわがわ》が深い谷を作り、西は海が広がっているのです。

「東に堀切を作れば要害堅固な城になる」

道灌はそう確信したのでした。

康正二年八月二十日、道灌は、さっそく扇谷上杉重臣らと築城祈願祭を江嶋《えのしま》弁財天（現江島神社神奈川県藤沢市）で行うため江嶋に向かいました。

江嶋弁財天には、品川から鈴木道胤と斎藤新左衛門安元、宇田川清勝、斎藤小四郎基行、太田図書助資忠、それに同朋衆の智宗たちが同行しました。

他に父太田道真、小田原の大森氏頼《うじより》、三崎の三浦道含《どうがん》、金川（神奈川）の上田正忠ら扇谷上杉家重臣たち、そして有力諸侯である宅間憲直と吉良成高が参列しました。

智宗や一乗、慈覚、道智は皆、江嶋弁財天の修験者でありましたので、仲間との再会を楽しみにしておりました。

祈願祭では江嶋弁財天大先達が、誰にも攻め落とすことのできない、新たな城の完成を祈願して念を込めた護摩木を焚き、天に向かって炎が高く上がりました。

火天《かてん》アグニをはじめ諸天の神々が、供物であるその炎を受け取り、願いを聞き入れて要害堅固な城を造営する力を道灌たちに授けてくれるのです。

築城候補地の江戸湊に向かう船中で鈴木道胤は、道灌の幼馴染みでもある三浦道含と馬が合い、道灌の幼い頃の話で盛り上がりました。

その様子を智宗も黙って聞いていたのです。智宗も大いに興味があったのでした。

三浦道含は道灌の主君、扇谷上杉持朝の次男であり、三浦家の後継ぎとして養子に迎えられておりました。

「道灌様はどんなお子でございましたか?」

「まさに神童。建長寺（鎌倉市）で一緒に仏法や読み書きを学びましたが、年下の道灌が難しい経を一回聞いただけで覚えてしまうのには驚かされ申した。こちらは百回聞いても覚えられない」

「ほう、一回だけで」

「さよう、一回だけですぞ。信じられますか?」

「いや、信じられません」

「書を習えば、これも一回見ただけで書いてしまう。もちろん読み書きも一回で覚えてしまう」

「まさに天才ですな」

「そう天賦の才を持っておる。わしなどは年下の道灌に憧れておったわ」

「いくつ違うのですか？」

「二歳じゃ。それに学問だけではない。武術も上達が早く、わしなどとても敵わないし、琵琶も和歌も達人の域。まさしく文武両道の天才でござるよ」

「道灌様の琵琶は見事なものです。連歌会の後に聞かせていただきましたが、それはそれは麗しい音色でございました。ところで建長寺のあとは？」

「称名寺の金沢文庫（横浜市金沢区）で儒学などを学び、足利学校で武経七書の孫氏や司馬法を極めたと聞き申した。もっとも、わしは足利学校には行ったことなどないがな」

「そうでございましたか。どうりで学者様のように見えるはずですね」

「その学者のように見えるのが曲者なのじゃ。知識があり過ぎると相手は見下されているように思う。道灌がそう思っていなくとも、相手は勝手に見下されておると感じてしまう。冷静ですこし冷たい道灌の言い回しも、相手は威圧感を受ける。困ったものよ」

「道灌様は、いらぬ敵を作ってしまうということですかな？」

「さよう、皆が妬むのじゃ。頭も武芸も和歌も優れていることを。嫉んで結局、足を引っ張る者も出てくる」

「道灌様は、凡人とは全く違いますからな。どうしても異質なものは弾かれるというか、出る杭は打たれるというか……」

「道胤殿も気づいておられようが、この乱れた関東を収めることができるのは道灌しかいないと。神から授かった力で鎮めてくれるとわしは思う。道胤殿、せいぜい加勢してやってくだされ」

「はい、精いっぱい応援させていただきます。」

こんなやり取りを智宗は黙って聞いておりましたが、三浦道含の説明で道灌のことが少し分かったような気になっておりました。


道灌たちを乗せた船は、快調に江戸湾の奥へと向かっていました。

品川沖を過ぎて、江戸氏が館を構えていた丘に続く入り江に入りました。

ここまで来ると波も静かになり、浅瀬には漁師の差し立てた「ヒビ（仕掛けを繋ぐ竹竿、日比谷という地名の語源）」が何本も見え、豊かな海であることを示していました。

「あの飛び跳ねている魚は何というのだ？」

ここで道灌が舳先の水夫に尋ねました。

「あれは、コノシロと言いますだ」

「ほう、コノシロ（此の城）と申すのか。それは、良い名じゃ」

と道灌が上機嫌で言うと、そばで一緒に聞いていた重臣たちも笑顔になりました。

さらに湾奥に進むと、左舷に垂直に切り立つ小高い丘が見えてきました。

「あそこでございます！　手前の川が局沢川、奥に平川、前は海、新しき城に相応しいところにございます」

と、道灌は誇らしげに説明しました。

「はしけを降ろしてくれるか」

と道灌が頼み、一行ははしけに移り、切り立つ崖の平川寄りの浅瀬に向かいました。

岸に上がると、崖の高さは船で見る以上にそそり立っております。

「ここは良いところじゃ。北に堀を廻らせば防御も完璧じゃ」

と、父道真が言うと、

「お手柄ですぞ、道灌殿」

「良い城になるぞ」

と、重臣たちも口を揃えて賞賛したのでした。

次の日、道灌は増上寺の音誉も招き、品川館で連歌の会を開き、皆の賛同を確かなものにしたのでした。

道灌は、足利学校で学んだ中国の武経七書の一つ、「尉繚子《うつりょうし》」に心酔しておりました。

江戸城を造るにあたって「尉繚子」の教えを活かし、扇谷上杉氏の家宰の息子として乱世を収めるため、城造りや町作り、食糧調達、戦力の増強それに諜報の間者作りなどを、同時に進めていこうと考えておりました。

「尉繚子」の戦威篇に、「兵には三つの勝ち方があり、一つは『道』を以って勝つ、二つは『威』を以って勝つ、三つ目は『力』を以って勝つ」という教えがあります。「道」はすなわち政治力であり、「威」はすなわち威嚇力であり、「力」はすなわち軍事力です。

道灌にとって「道」は、江戸城下の民に衣食住を保証し安心させ、太田家に財力と軍事力を蓄え、優れた間者を使って敵情を知ることで戦いを有利に運ぶということでした。

「威」には、特別の考えがありました。堅固な城を造ることは誰でも行うことですが、敵や味方を問わず、「あっと驚くような高い郭《くるわ》（天守閣）」を造り、「他の諸侯が持っていない多数の弓衆、集団で動く槍衆（足軽戦）」を持つことで相手を威嚇し戦意を奪うというものでした。

そして「力」とは、「誰も思いつかない戦術や奇襲で敵軍をねじ伏せること」と理解しておりました。

この三つの勝ち方ができるように、これから城を造るのと同時にいろいろ進めていくのです。「道」の政治力に欠かせない「町作り」には、鈴木道胤の協力が欠かせません。和歌の会の後、二人で長い時間をかけて「町作り」の夢を語り合い、夢の実現を誓いあったのでした。

康正二年九月、いよいよ江戸城の造営が始まり、道灌が普請奉行四人衆の束ね役を務めました。

普請奉行は扇谷上杉氏重臣である大森家、三田家、荻野家、それに三浦家中より選ばれ、三浦家からは佐保田豊後守が務めることになりました。

豊後守は、三浦家にゆかりがある伊豆国の下田や熱川から、大きな伊豆石を切り出し船で運ばせたのです。この伊豆石が平川河口の大手門などに使われ、訪れた者を圧倒し、「江戸城は大きな石でできた門構えで、とても落とすことはできないであろう」と思わせる道灌の「威」の考えを実現しました。

また、大森家や三田家は、奥三保《おくさんぽう》（神奈川県相模原市）にて巨木を運び入れ、巨木で作られた柱や梁が、中城（本丸）や子城（二の丸）、外城（三の丸）の他、道灌の居所である静勝軒《せいしょうけん》（天守閣）の通し柱に使われ、三層の立派な高層建築になったのでした。

道灌の静勝軒は、その後の城造りに大きな影響を与えました。

静勝軒を見た武蔵国守護代大石定重《さだしげ》は、居城に「万秀軒」という高閣を建て、山内上杉顕定《あきさだ》は、鉢形《はちがた》城に同じく三層の「随意軒」を造るのです。これがさらに発展して、戦国大名らが次々に大天守閣を競い合ったのでした。

そして再び道灌の静勝軒の地に、徳川家康が江戸城大天守閣を聳えさせることになったのです。

萬五郎と鶴亀丸の戦斧《せんぷ》修行

次の年の春には、江戸城の桟橋や江戸湊まで見渡せる艄船亭や、城の北西に富士山を望む富士見櫓なども形となり、道灌の城に相応しい堂々たる縄張りとなりつつありました。道灌は、鈴木道胤の資金協力を得て、町場作りも同時に進めておりましたが、皆が驚く考えを次の年に示しました。

「城の東を流れる平川の流れを変え、江戸湊の北に流れるようにして、その河口に新たな江戸湊を造る。流れが変わった平川が、北の豊島氏や西の千葉氏の賊から城も町場も守る堀となってくれるのだ」

父道真や重臣たちの、「無理だ。できるわけがない。難工事になる。費用がかかり過ぎる」などの反対を抑え、道灌は、「皆様には迷惑はかけぬ」と、この計画を押し通したのでした。したがって、重臣たちの申し出は一切受けずに進められたのです。

道灌には、もう一つの思惑がありました。それは、「この工事に携わった土工の中から、足軽に相応しい者を選び出そう」というものでした。

これは、足軽になった者に江戸城近くの農地を与え、半農半士の兵として江戸城を支える食糧の確保に貢献してもらう」という一石三鳥の考えだったのです。

もうすでに手は打っておりました。

江戸城内の大手門から中城に向かう梅林坂に天神社や荒神社などを勧進し、これらの修験者や巫女たちに関東の各地で、「江戸に行けば食い物がある。道灌様の足軽になれば農地ももらえる。食い扶持は保証され、手柄を上げれば足軽の大将にだってなれる」と、噂を広めさせたのです。さらに、道灌は増上寺の音誉に頼み、浄土宗の勧進と同時に、この噂を関東各地に流させたのでした。

もっとも、江戸城の築城以前から、智宗の弁財天や増上寺門前で助けた巫女たちを使い、やはり噂を相模国や武蔵国に広めさせておりました。

「上手い話に乗る者は、いつの世にもいるもの」

江戸の噂はすぐに広まり、天変地異により飢えに苦しみ、「藁をも掴みたい」離農者や流れ者が、道灌の読み通り、こぞって江戸を目指しやって来たのです。

道灌を支援する鈴木道胤は、このように集まった者たちのため、私財を投げ打って食い物や衣服、江戸湊の町場に住まいまで提供したのでした。

離農者たちはこぞって土工となり、あっと言う間に三百人を超えました。大勢の土工を取り仕切るのは、萬五郎と鶴亀丸でした。

二人はあっと言う間に、押しも押されもせぬ土工たちの大親分になっていたのです。

二人とも、しばらくは大親分に収まっていましたが、二人には「増上寺門前で見た図書助様のように強くなりたい」という夢があり、大親分の座を捨ててでも図書助のもとで足軽修行がしたいと鈴木道胤に申し出ていたのでした。

鈴木道胤は、二人の固い決心にほだされ、道灌に相談してみました。

「願ってもないことじゃ」

と、鈴木道胤の予想に反して、その話に道灌は喜びました。

萬五郎と鶴亀丸は命知らずの乱暴者で一本気。道灌に今、最も必要な男たちでした。真面目な者は信用ならないと、その頃道灌は痛感していたのです。

それに堀作りの土工たちの頭として、それぞれ百人以上の土工を預かり、道灌が目指す堀作りに奮闘してくれていることは、常日頃から工事見回りで見ておりました。その萬五郎と鶴亀丸が、自分たちで選んだ百姓と一緒に、足軽修行をやってくれるのです。

「いつも一緒に汗をかき働いてこそ、その人物が分かるもの。たまに覗いたぐらいでは分かり申さぬ。さりとて、築城の仕事もあるゆえ、ずっと百姓とは一緒にはおれぬ」

などと、以前から図書助は道灌に足軽選別の難しさを話していたのです。

「願ったり叶ったりじゃ」

と、すぐに道灌は図書助にこのことを伝えました。

「図書助、萬五郎と鶴亀丸を朝の修練に加えてやってくれ。今後二人がおれば、足軽養成に良い手本となるぞ。築城のめどがつけば、本格的に足軽の養成を始めたいと思うておった」

さっそく、三日後の卯の刻（午前七時頃）、江戸城梅林坂上の道場で、萬五郎と鶴亀丸の修練が決まりました。

道灌からは、「あまり厳しくするな。相手は武士ではない。武士の修練と同じことはせぬように」と、難しい注文をつけられ、正直、図書助は困って、どのように養成すればよいか道灌に問いただしました。すると道灌は、

「我々武士というものは、明日の命はないと思って何事も必死に精進する。対して百姓は、春には秋の収穫を得るまでは、何としても生きていなくてはならない。百姓は、死にたくないと思っておる。また、武士は戦で勝たなくてはならぬが、一人では勝てぬ。集団で勝つためには主君の命令は絶対じゃ。それと強い相手にも立ち向かう勇気も必要じゃ。のう、図書助」

と武士と百姓の違いを説明し、続けてこう諭したのでした。

「百姓は収穫したものが大切。これを奪いに来る者には村八分が怖いので皆で立ち向かうだろう。しかし、相手が強ければ逃げ出す。死にたくないのじゃ。命さえあれば、また来年には収穫はできるだろうと。命令より自分の命が大切なのじゃ」

「要は自分が一番大切なのですな。そんな百姓を足軽にするのは、やはり無理があるのでは？」

「なあに、百姓は、これは勝てそうと思えば逃げはしない。さらに勝てると思えば急に強くなる。これは以前、板倉御厨で、百姓が野盗をよってたかって殺すのを見せてもらって分かったことじゃ」

「なるほど。ではどうすれば？」

「そこで萬五郎と鶴亀丸の出番じゃ。奴らは百姓上がりだが、命知らずじゃ。二人とも腕っぷしは強いし肝も座っておる。良い手本となるに違いない。その後、足軽大将にでもなれば、どんな相手にも遮二無二に向かってゆくだろう。戦は勢いじゃ、大将に勢いを感じれば、百姓出の足軽とてその気になってついて行く」

「先ずは萬五郎と鶴亀丸を強くすればよいのですね」

「その通り。よろしく頼む」

と道灌に言われ、図書助は大きく頷きました。

こうして萬五郎と鶴亀丸の足軽修行が始まりました。

修行は土工頭の仕事の合間、寅の刻（午前六時頃）からの一時《いっとき》（約二時間）だけでありました。

先ずは四半時（約三十分）、槍に見立てた長い棒を持ちながら、曲がりくねった梅林坂を何度も往復し足腰を強くするのです。

次に汗をぬぐう暇もなく、今度は背筋を伸ばし、膝をしっかりと曲げ腰を落としての槍突き百回、これが二人には本当にきつい修行になりました。

修行を一緒にこなす図書助は、坂の上り下りも、この突き百回もなんなくやり遂げますが、萬五郎と鶴亀丸には簡単ではありません。

槍突きが終わると、今度は弓の修練が待っています。

これを十日間続けた時、萬五郎と鶴亀丸は図書助に尋ねました。

「わしらは、強くなりてえだ。今、やっていることは子どもの遊びでねえか。戦斧が習いてえだ」

「先ずは棒じゃ。それに足腰じゃ。今しばらく我慢せい！」

図書助はそう一喝したのです。

成果が上がらぬまま一か月が過ぎました。修行を黙って見ていた道灌は、見かねて図書助を呼んで自分の考えを伝えました。

「二人は、坂道の往復と槍突きの型をいやいや修練しておる。だらだらと何か月修練しても成果など期待しようもない。餌をぶら下げて、やる気を出させたらどうかな？」

「何の餌でしょう？」

「二人は親分であるので、飢えてもいないし、酒も女も足りていることであろう。一番は、やりたかった戦斧じゃよ」

「なるほど、先日もそんなことを、二人が言ってきました。餌には一番欲しがっているものを与えるのがよいのですね」

図書助は翌日から、

「精いっぱい坂道走りと槍突きをやれば、戦斧の型を教えよう」

と、二人に言いました。すると効果てき面。戦斧の時間を増やそうと、走りは速くなり、槍突きは鋭くなったのでした。

「いやあ、驚きました。餌をぶら下げると、こんなにも効果があるとは。よい勉強になりました」

二十日後、図書助が道灌に伝えると、道灌は笑顔で頷きました。

その後、萬五郎と鶴亀丸の足軽修行は、平川の堀が出来上がる長禄元年（一四五七年）九月まで続けられたのです。

その間に二人は弓も槍術も一人前となり、これから足軽を養成する百姓たちの良い手本となると道灌は確信したのです。

ただ戦斧は、二人にとっては手強く、実戦に使えるようになるには、まだ修行が必要でした。


江戸城は道灌の望み通り、平川の流れを変える堀（その後の日本橋川）の工事は九月に完成しました。江戸湊の北に流れが加わり、江戸湊のある陸地は海と堀で仕切られ、以後、前嶋と呼ばれたのです。

堀の工事に携わった土工の中から、「修練して足軽となったものには農地を与え、道灌様の半農半士となってもらう」と勧誘した結果、多数の希望者が現れました。

この中から、よく働く者百人を図書助と萬五郎、鶴亀丸が選び出し、いよいよ次なる道灌の望み、「弓衆、槍衆の足軽養成」が動き出したのです。

この年の養成が上手くゆけば、次の年は二百名とする計画でした。

図書助を足軽の修練頭とし、修練の教師として新たに糟谷から道灌の一番下の弟、太田六郎資常を呼び寄せたのです。

他に道灌と図書助、六郎たちの小者七名と萬五郎と鶴亀丸が教師となり、一人の教師が十人を受け持ち、ぶら下げる餌は、十日に一回の酒宴としました。

梅林坂の足軽養成

道灌は梅林坂の下、大手門の横に、足軽養成のために大きな修練場を造り終えておりました。

ここに武神である八幡大菩薩をお祀りし、修練前には必ず八幡大菩薩の真言、「オン、アミリタ、テイセイ、カラウン」を教師と共に足軽たち皆に唱えさせました。

また、「九字の修法」である、「臨《りん》、兵《ぴょう》、闘《とう》、者《しゃ》、皆《かい》、陣《じん》、列《れつ》、在《ざい》、前《ぜん》」を大声で唱え、同時に手刀で空を切って「穢《けが》れ」を祓い、これで勇気が備わると説明し覚えさせたのです。

百姓たちは訳も分からぬまま真言を唱え、九字の修法を見よう見真似でやっておりましたが、「足軽になるためにはどうしても必要」と、十日後に雲の上の存在である道灌が自ら手本を示したことで、皆必死に覚えました。

こうして足軽養成は当初順調に滑り出しましたが、二十日もすると問題が出てきました。何人かの者が顔にあざを作っており、また何人かは足を引きずっていたのです。

たまたま顔を出した道灌が、「何があった?」と、あざを作っていた鶴亀丸組の玄番《げんば》という者に尋ねると、頭を下げたまま「何もねえでげす」との返事。

玄番は、大して教えてもいないのに弓がとびきり上手な男でした。道灌も玄番を一目見るなり「あの者は筋がよい」と褒めており、その時十間（約十八メートル）離れたところから矢を的に半分当てることができるほどの腕前だったのです。

槍がすぐ上手くなる者はたいてい力がある者で、いじめられることは少ないのですが、弓が上手くても力が弱いものは、嫉まれていじめを受けることがありました。

道灌が鶴亀丸にこう問いました。

「玄番に元気がないようだが、いかがした？」

「昨日、皆から殴られたようです」

「すぐに、いじめを止めさせるのじゃ」

道灌が鶴亀丸に命じると、思いもかけぬ答えが返ってきました。

「いじめる者のことは、責められませぬ。わしも玄番が弓上手なのを少し嫉んでおるのです。自分のことをさて置き、皆を叱ることなどできませぬ。誰がやったかも聞いておりませぬ」

「お前は、いじめたのか？」

「滅相もない。いじめなどしておりませんぜ」

「さようか。なあ鶴亀丸よ、嫉み心は誰でもあることじゃ。人は、いい女がいれば抱きたくなるし、他人が旨いものを食べていれば欲しくなるもの。だがな、見た女を無理やり犯すのか？　他人のものを取って食うか？　心で思っても我慢するのが人じゃ。我慢できぬのは餓鬼じゃ」

「なるほど」

道灌は、教師全員に沙汰を下しました。

「修練中、修練以外でも組中で殴る蹴るなどしたものは厳罰に処する。厳罰とは組からの追放じゃ。これを、生徒たちに伝えよ」

これでしばらくいじめは影を潜めましたが、二十日も過ぎるとまた、玄番があざを作っています。

鶴亀丸がいくら尋ねても、玄番はやった者の名前を言いません。

「口止めしているのであろうよ」

鶴亀丸はそう思い、隠れて夜の宿舎の様子を見ることにしたのです。

すると伝八という者が皆をけしかけ、「自分が殴ったら皆も殴れ」と、言っていることが分かりました。

伝八は鶴亀丸がかわいがっている男でした。体は萬五郎ほどには大きくありませんが、槍も弓も上手く、鶴亀丸には、「良い足軽になるのでは」と思わせ、鶴亀丸の言うことは「はい、はい」と、調子を合わせる男でした。

道灌には日頃から「隠し事はならぬぞ」と言われておりましたので、迷った末に思い切ってそれを打ち明けました。

すると道灌は、

「あい、分かった。すぐに伝八を八幡大菩薩様のところに呼べ」

と言い、鶴亀丸は伝八を道灌の待つ八幡様に連れてゆきました。

八幡大菩薩の前には、道灌と図書助ら教師全員がおりました。

会うなり道灌は、

「伝八、お前は追放じゃ。玄番を殴ったであろう。申し開きがあれば言うがよい」

「お許しくだせえ。殴ったのは、わし一人ではねえです。皆がやるから仕方なく手を出したまでのこと。それも少しかわいがっただけでさあ」

「この鶴亀丸が見ておるのじゃ。言い逃れはできぬぞ」

するとと鶴亀丸が、

「わしからもお願いしますだ。今回はわしに免じて許してくだされ。ただの出来心でやったこと。そうだな伝八」

と助け舟を出すと、他の教師たちも同様なことを言い、道灌を止めようとしました。

「いや、ならぬ。伝八は追放じゃ」

道灌はきっぱりとそう言い残して、城に戻ってしまったのです。

図書助が追いかけ道灌をなだめようとしましたが、

「伝八は追放。決まったことじゃ」と、相手にしません。

翌日、道灌は修練前に教師全員を八幡大菩薩に集め言いました。

「決めた定めは守らねばならぬ。これからもあること。信賞必罰《しんしょうひつばつ》は何があっても守らねばならぬ。伝八は見せしめではない。幼いものがいじめをするのは当たり前。いじめをしないように教えるのが大人の務め。大人になってもいじめをやるのは、自分だけ良ければよい餓鬼、悪党の仕業じゃ。罪悪感の薄いのは一生直らぬ。所詮、兵には向かぬ者。どうせ皆を裏切る。これがわしの考えじゃ」

道灌は、「異を唱える者があるやなしや?」と、皆を見渡しました。

道灌は、皆をもう一度見渡し、

「わしに考えがある。図書助に話しておくゆえ。明日、図書助の言うことを聞いてくれ」

と、静かに話して城に戻りました。

次の日の弓の修練が変わりました。

各組、各自が五本ずつ矢を放ち、的に当たった数を競う組同士の競争としたのです。

一番は酒宴でただで酒が五杯飲め、二番は四杯、三番は三杯、四番は二杯、五番は一杯、六番は一杯分を払う方に、そして十番は五杯分を払うのです。

そのように説明があった後は、皆、目の色を変えて弓の修練をするようになりました。

もちろん、以後、いじめはなくなりました。

ひと通りの弓や槍、石つぶてを修練すると、行軍訓練が行われました。

「行軍訓練とは、何でございましょう？」

この訓練を始める前、図書助が道灌に尋ねました。

「中国の武経七書に『尉繚子』という兵法書がある。その中で『兵は静を以って固く、専を以って勝つ』とある。静とは、すなわち整然と行動すること。専とは、兵力を一点に集めること。これで勝利をつかむ。わしの静勝軒もそこから名付けたのじゃ」

と、道灌はいかにも自信ありげに聞かせました。

次の日から、太鼓の音と、大きな旗の振り方を合図に、整列することや列を乱さず歩くこと、小走りすること、走ること、さらに左右に方向を変えたり、下がったりを何回も繰り返し修練しました。

太鼓の音の回数で、また旗の振り方を見て、いちいち考えることなく、自然に行動できるまで何日も訓練するのです。

道灌は、この修練も組ごとの競争としました。

勝者はただで酒が飲め、敗者は酒代を持つのです。

皆にとってこの修練は退屈で気が入らず、何か餌がないと張り切らない修練だったからでした。

後々、この太田足軽勢は、太鼓の音や旗振り一つで整然と迎撃態勢をとれることが強さの秘訣となり、関東最強の名を欲しいままにするのです。

組ごとの競争と酒宴は、自分のことしか考えない百姓の性格にまで変化をもたらしておりました。

「来る日も来る日も同じ修練で汗を流し、皆で協力して勝利を目指し、最後は旨い酒で盛り上がる」

そんな中で、自然と仲間同士で強い絆と信頼が生まれたのでした。

諜者、間者の育成

道灌は、足軽養成と同時に「敵の左右（状況）を探る諜者が欲しい」と、安元や智宗に話しておりました。

先ずは、各地を関銭いらずに出入りでき、間者となれるような修験者の選出を智宗の出である江嶋弁財天の御祈祷師である岩本坊に頼みこみ、四人の候補者を得ました。

智宗は、道灌に進言しました。

「道灌様、修験者もよろしいが、歩き巫女などもよいのでは？　修験の間者は、どこの諸侯も抱えておりまする。修験者というだけで今は疑われますぞ」

「誰か良い者はおるか？」

「増上寺門前で助けた、巫女宿の者が使えるのではないかと存じます」

「今も品川におるのか？」

「あの者たちは榛名山の神楽師たちだそうで、今、品川でたいそう流行っている湯屋にいると聞いております。湯屋は普化宗《ふけしゅう》の虚無僧たちが営んでおり、巫女頭《かしら》の占いが人気でよく当たると評判になっておりまする。道胤様がよくご存じかと」

「さようか。では道胤殿に案内を頼もう。湯屋がどんなものか知りたいし、巫女頭にも会って地震の時の礼も言いたい」

とにもかくにも道灌は、出歩くことが好きでありました。

興味があれば、道灌はどこにでも足を運び納得がいくまで調べ回るのです。

今回も「湯屋」と聞いて興味を持ったらしく、覗いてみなくては気が済まなかったのでした。

数日後、道灌は江戸城に備わった桟橋から船に乗り、智宗と一乗を連れ、鈴木道胤の案内で品川の湯屋に向かいました。

目的の湯屋の前には、体の大きな虚無僧三人が道灌一行を迎えてくれ、一歩中に入ると、そこは明かりがないために薄暗く、漢方薬の匂いのする湯気が立ち込めていました。

道灌が興味深くあたりを見回していると、

「いらっしゃいませ。ささ、奥へどうぞ」

と、薄暗い中には巫女らしきものが待っており、一行を奥に案内しました。

道灌たちが通されたのは、奥にある中庭に面した部屋で、入ると白黒の幕の中に榛名山満行大権現と書かれた大きな祭壇があり、その前に巫女が一人座り、頭を祭壇に向け伏しております。

道灌は、巫女の前に用意された円座（ござの敷物）に案内され座りました。智衆たちと道胤は、円座には座らずに道灌の後ろに腰を下ろしました。

道灌は、座るとすぐに祭壇に向かい深々と頭を下げました。

付き添う者たちも道灌に習い同様に頭を下げました。

伏していた巫女頭は、道灌たちが頭を下げたことを気配で察し、満行大権現の真言「オン、アミリタ、テイエイ、カラウン」を十回繰り返しました。

道灌は、「これは阿弥陀様の真言。そうか、榛名山満行大権現とは阿弥陀様のことであったか」と思いながら真言を唱和しました。

「お殿様、本日は遠路、よくぞお出でくださいました」

再び頭を深く下げた巫女が、道灌の方に向き直り伏したまま挨拶しました。

「面を上げよ。名は何という？」

「ひいと申します」

「ひいと申すか。何時ぞやは品川で、世話になった」

「とんでもないことでございます。お世話いただいたのは、こちらの方でございます。命なきところをお殿様にお助けいただき、誠にありがたきことでございました。あらためてお礼申し上げます」

「いや、こちらも世話になったのだ。礼を申すぞ」

「恐れ多いことでございます。あの時の巫女頭はあれからすぐに亡くなり、私が跡を継いだのでございます。私は武蔵一宮である氷川神社の神官の娘で、踊りが好きなことから榛名の神楽師に弟子入りしたのです」

「どうりで若いと思ったわ。ところで智宗から聞いたと思うが、これからわしが頼む役目は危ないことじゃ。若い命を落とすかもしれぬ大変なお役目じゃ」

「承知いたしております。すでに我が命、榛名の神にゆだねておりますゆえ、命落とす時は神の思し召しでございましょう」

「覚悟はできていると申すのだな。ありがたいことじゃ。ところでひいは幾つになった？」

「十三にございます。品川でお助けいただいた時から、いつか恩返しをと思っておりました。お殿様のお役に立つことなら、どんなに危険なことでもいたしましょう」

ひいは、助けられたあの日から、「いつか必ずお会いできる」と、この日が来るのをずっと待っていたのでした。あの日、道灌の姿を見た瞬間に「この男に、おまえの全てを捧げよ。命の限り尽くせ」と、幼かったひいに榛名の神のお告げがあり、体中の血が熱くなったのを今でもはっきりと覚えていたのです。

「十三とな？　女の歳はわしには分からぬ。道胤殿からそなたは、他人の嘘を見抜く特技があると聞いておる。また、よく当たる占い師とも聞いておるぞ。ひとつ、わしの願いが叶うか占ってくれぬか」

「すでに、占ってございます。お殿様の願いは、この乱れた坂東を鎮めることでありましょう。お殿様がこの江戸で大きな力を得ましたなら、必ずやこの坂東を鎮めることができましょう。願いは叶うと榛名の神のお告げにござります」

「そうか、榛名の神がそう申してくれるとは、ありがいことじゃ」

「お殿様こそ、占いは得意でありましょう」

「それはどういうことじゃ？」

「若きお殿様が、足利学校で兵法と儒学それに最高の学問とされる周易（易経）を学ばれ、それも首席であったと聞き及んでおります」

「確かに、二年ほど学んだが、筮竹《ぜいちく》を四半時も振るう占いは、戦場では使えないと断念した。周易では、聖者の箴言《しんげん》（格言、教訓）を理解するのに、自分が何を学べばよいかを教えてくれるので大いに役立った。ひいの占いを否定するものではないぞ」

「そうでございましたか」

「役目の件は、また折を見て詳しく話すとしよう。その時は湯屋とやらにも入ってみたい」

「かしこまりました。またのお越しを心待ちにしています」

ひいは、道灌と会うことで分かったことがありました。

それは道灌の体臭でした。

道灌は着ているものに普段から伽羅《きゃら》の香を焚き込んでいるのですが、ひいは、道灌自身の匂いを、鋭い嗅覚でかぎ分けていたのです。

それが自分にとって、とてもかぐわしいと思ったのでした。

女にとって男の匂いは相性を決めるに最重要で、嫌いな匂いではめったに好きになることはないのです。

関東探題、渋川義鏡《よしかね》

この頃、道灌は多忙を極めておりました。

ひいは、道灌との再会を一日千秋の思いで待ち焦がれておりましたが、その機会はなかなか訪れることはありませんでした。

というのは、道灌は江戸城に続き河越城（埼玉県川越市）や岩槻城（埼玉県埼玉市）、それに大庭御厨《おおばみくりや》の大庭城（神奈川県藤沢市）にて築城をしており、江戸の大工を引き連れ、遠く川越や岩槻、大庭にも足を運んでいたのです。

また、長禄元年六月、蕨《わらび》城（埼玉県蕨市）に幕府の関東探題の渋川義鏡が下向することになり、江戸城完成の一月《ひとつき》後、視察も兼ねて立ち寄るとの知らせがあり、さらにもてなす仕事が増えておりました。

渋川義鏡は道灌と共通の経歴が多く、若くして仏法、儒学、中国の兵法それに和歌、鼓《つつみ》を学び、それぞれ一流と呼ばれる京の逸材であったのです。

道灌同様、学者然として、子供の頃には神童と呼ばれていたことも似ておりました。

江戸城で初めて道灌とあった時、義鏡は、

「坂東などには田舎侍しかいないと思っていたが、道灌のような立派な者もいるのか」

と驚き、その後、連歌の会や琵琶と鼓の競演などを通じて、道灌を友と呼ぶ仲になったのでした。

また、この年の七月には道灌の妻が産気づき、第一子である女の子が生まれました。自分ではそれほど子供好きではないと思っていた道灌も、我が子を抱いた途端、子煩悩に早変わりし、自分でも驚いていたのでした。

運命の人ひい

扇谷上杉重臣の大森氏頼と上田入道が、成氏公と千葉氏の動向を探るため下総国に送り込んだ間者が、相次いで殺されるという事態が起きました。上杉方にとって成氏勢の動向を知ることは、何としても必要で一刻の猶予もありません。信頼できる間者を持つことが急務となっていました。

「自分に恩を感じているのを利用して、少女を危険な間者に仕立てるのは、やはり姑息なのでは？」

などと道灌はさんざん迷った末、智宗に、

「明後日に湯屋に参るとひいに伝えよ」と命じました。

実はそう命じてからも、まだ少し迷いがあったのです。

「こちらこそよろしくお頼み申します。必ずやご期待に添えるよう、働いてみせましょう」

「さようか。それは本当にありがたいことじゃ。是非に、よろしく頼むぞ」

「はい、承ってございます。その上で、今回のお役目喜んでお受けしとうございます」

「智宗から聞いてくれたか？」


「うむ。さて、今日は湯屋とやらを楽しみに来たのだが」

「用意してございます。ささ、湯屋に案内いたしますゆえ、湯をご堪能くださいませ」

道灌は湯殿に案内され、さっそく着衣を脱ぎ、三人ほどが入れる大きな湯船に足を入れてみました。

薬草の香りがする湯けむりの中、湯加減としては少しぬるく、体の半分ほどを湯に沈めた道灌は、久しぶりにのんびりした気分になれたのでした。

道灌は己の習性で、湯屋の造りなどが気になってあたりを見回していますと、湯船の隣には盛んに湯気をあげている鉄釜が見えます。

「ここに薬草を入れて煮立たせ、その湯を柄杓《ひしゃく》で湯船に足し入れるのだな。それで、鉄釜のある壁の外側に土で固めた焚口があり、薪をくべているのだろう」

と、このような仕掛けには興味がある道灌はあれこれ想像していると、体が温まり気分が良くなってきました。

「おお、この湯は少しぬるいが気分が良い。極楽とはこのようなものか?」

などと思っている時、道灌はふいに人の気配を感じ、

「誰じゃ!」と思わず口にしました。

外に座って警護をしていた智宗は腰を浮かし、

「大丈夫でござりますか!」と、大きな声を発しました。

「ひいでございます。お背中を流しに参りました」

これを聞き、智宗は無言で腰を沈めました。

道灌が振り向いて湯気の中を探すと、ひいは一糸まとわぬ姿で湯船に近づき、何のためらいもなく入ってきます。

道灌があっ気にとられ声も出せずにいると、

「お殿様、今日の日を待ち焦がれておりました」

ひいは小声で囁き、道灌の背中にゆっくりとしなだれかかってきたのです。

ひいは、十三歳とは思えぬ大人の体をしており、胸のふくらみがはっきりと背中に感じられました。

道灌は、まだ迷っておりました。

「ここで、ひいを拒絶すれば良い間者は得られない。抱けば男女和合を善とする神のお力で、互いに固い絆を得られるやもしれぬ。かと言って幼い十三歳のひいを抱くのはいかがなものか？　抱かねば、ひいに恥をかかせることになる……」

などと迷っている間にも、ひいの優しくいざなう手が、道灌の迷いを忘れさせていたのでした。

二人は湯の中で結ばれました。

湯の中で――それは道灌にとっても初めてのことでした。もちろん、ひいにとっても道灌は初めての男で、これが最初で最後と思い愛したのでした。

道灌にも、ひいの深い愛が感じられ、二人は神が降りてくる時を共に合わせました。

深い恍惚の時が流れ、道灌はようやく、少しぬるめの湯であったことの意味が分かりました。

「熱い湯ではのぼせてしまうので、わざとぬるくしたのだな。それにしても極楽じゃ」

しばらく湯の中におりましたが、ひいが道灌の手を引き、次の間の衣服を広げたところに行き横になりました。そこで、ひいは丁寧にゆっくりと道灌の体の隅々まで、柔らかな布で愛おしく拭ったのです。

道灌は、「ひいが自分を特別な男と思ってくれている」と改めて感じたのでした。

翌日、道灌に一つの妙案が浮かんでおりました。

「ひいたちを、神楽師や歩き巫女として各地を回らせ諸侯の動向を探らせるよりも、品川にある湯屋と同じものを各地に置き、そこに来た客から自然と話を聞き出す方が危なくないのでは？」というものです。

「男は湯につかり酒を飲み、女を抱けば口も軽くなり、自慢話などしたくなるであろう。その中に兵の動向や国の様子なども当然出てこよう。湯屋をあちこちに造って勧進しているのは、普化宗の虚無僧だという。湯屋の女たちをひいに選んでもらい、各地の動向を聞き出し、関銭要らずの虚無僧を連絡役にすればこんな好都合はない。智宗の配下や道胤殿の行商人も連絡に使えよう」

道灌はさっそく、「湯屋を取り仕切る普化宗を連れて参れ」と安元に命じました。

長禄元年十一月二日、江戸城に普化宗、根笹流二十一世の湛光風車《じんこうふうしゃ》という僧が、道灌に呼ばれ会いにやって来ました。

風車は上州国保土田（群馬県高崎市保渡田）に虚無寺（風呂寺）を構え、ここに近い榛名山の神楽師や歩き巫女とも交流がありました。

普化宗（禅宗）の虚無僧は、深編笠（虚無僧笠）をかぶり、尺八の演奏をしながら勧進をする、半僧半俗の者たちでした。

武家の出が多く、湯屋の用心棒として、虚無僧は町の治安も担っていたのです。

「わしは、普化宗の旦那となりたい。勧進の費用や湯屋築造の費用を供すゆえ、ここ江戸と上総国の市川それに下総国の古河に湯屋を作ってはくれまいか」

「お殿様のために市川と古河を探れといわれるのですね？」

「いや、お役目などない。ただ、榛名の巫女たちを湯屋で働かせてもらえれば、ほかに何もない」

「こちらは何もしなくてよいのですか？」

「さよう、各地で勧進だけに精を出されればよかろう」

「ありがたいお申し出、是非に、お受け申し上げます」

こうして道灌の間者作り、諸国や敵国の動きを探る手筈が整ったのでした。

他にも智宗が選んだ修験者たちがすでに各地を巡り、道灌に諸国の動向を知らせていたのです。

湛光風車に会った三日後、道灌の一人娘が「疱瘡《ほうそう》」（天然痘）に罹《かか》ってしまいました。当時、「疱瘡」は「罹ると二人に一人は命を落とす」と、言われる恐ろしい子供の流行り病でした。

子煩悩な道灌は、娘を救うためいろいろな手を尽くしたのです。鎌倉円覚寺の江春庵（当時最高の医療機関）より、名医、田代江春の弟子を招き娘の治療をしてもらいました。また、江戸中の寺社を参拝し娘の病気平癒の祈祷をしてもらい、疱瘡神を退治するといわれる京、山城国一口稲荷《いもあらいいなり》に人を遣わして祈祷を頼み、霊験あらたかなお札をいただき、娘の寝床の下に敷きました。

ひいも、「道灌様の娘様が病気になった」という噂を聞きつけ、榛名の神に連日連夜、病気平癒の祈祷を続けたのです。

こうした道灌の願いが神に届き、一月《ひとつき》後、娘は無事に全快したのでした。

感激した道灌は、江戸城の鬼門（北東）に一口稲荷を勧請し、これが現在の「太田姫稲荷神社」（千代田区神田駿河台）となったと伝わります。

この他鬼門には、京の伏見稲荷大社より分霊をいただいた常盤稲荷を勧請しました。さらに椙森《すぎのもり》稲荷なども道灌は勧請し、自ら足を運び、自分の娘だけでなく江戸の子供たちの病気平癒を祈願したのです。

江戸の町衆も、「道灌様が勧進され、娘様が見事に完治された霊験あらたかな稲荷様」と、どの稲荷にも数多くの町民がこぞって氏子になり、その氏子の集まりが組織され祭りや催し物が行われることで、江戸の治安が良くなり、人々の活気が生まれたのです。

この氏子たちは、疱瘡神から多くの子供たちを守った江戸城主、道灌公を尊崇し、道灌公の兵士たちが出陣する時など、拍手し喝采して応援したのでした。

木戸《きのへ》孝範《たかのり》

長禄元年十二月十九日、幕府将軍足利義政《よしまさ》は、異母兄の清久を還俗《げんぞく》（仏道にあった者を元に戻すこと）させ、鎌倉公方足利政知《まさとも》として関東に下向させせました。

しかしながら、鎌倉には古河公方成氏の勢力が及ぶため入ることができずに、長禄二年、伊豆国の臨済宗の寺院、国清寺（静岡県伊豆の国市）に入ったのでした。

正式な鎌倉公方の下向を幕府に要請したのは、一足早く蕨御殿（蕨城）に入った関東探題の渋川義鏡で、自らが公方執事に収まりました。

もう一人の執事は、犬懸《いぬがけ》上杉教朝《のりとも》で、公方政知と一緒に京より下向したのです。

この時一緒に、公方奉公衆の木戸孝範も伊豆と蕨城の連絡役として下向し、江戸城に道灌を訪ねたのでした。

この木戸孝範は、有名な京の歌人である冷泉持為《れいぜいもちため》の家で幼い頃から育てられ、和歌の達人として名を馳せておりました。

道灌は、渋川義鏡に紹介された歌人、木戸孝範との出会いをとても喜び、連日のように静勝軒で手厚くもてなしたのです。

この歓待に木戸孝範も応え、連日、道灌と和歌の話で盛り上がり、時には深夜まで話し込みました。

また、江戸城で開く連歌会には必ず木戸孝範に来てもらい、互いに気が合うことから親友と呼べる間柄になったのです。

この出会いにより、道灌の和歌の道が深まり、その名声は京の幕府や朝廷にまで聞こえるようになりました。

その後、木戸孝範は当代きっての歌人である心敬《しんけい》や東常縁《とうつねより》、飛鳥井雅世《あすかいまさよ》などとも交流があることから、これらの歌人たちを道灌に会わせようと江戸に招く手伝いをし、江戸の地を関東における和歌文化の中心地に押し上げたのでした。

堀越公方と五十子陣《いかっこ》

将軍義政から成氏打倒の命を受けた鎌倉公方政知が、関東に下向し初めて手をつけたのは、成氏方の武将、新田荘《にった》の岩松持国《もちくに》を味方に引き入れる工作でした。この工作は公方執事の渋川義鏡が公方の下向前から手掛けており、道灌や道真の手助けもあり、成氏方の有力武将、岩松持国の切り崩しに成功したのでした。

次に奥州の武将、宇都宮等綱《ともつな》を下向させ、成氏方を北から牽制することに成功したのです。宇都宮等綱は公方成氏の古河進出で、身の危険を感じて京に逃げ出していたのでした。岩松氏に続き宇都宮氏も京方に転じたことで、北から公方成氏勢がいる古河に攻め込める態勢が整い、利根川の左岸にある五十子陣（埼玉県本庄市）に集結した山内勢上杉方の出撃に合わせ、川越に集結した太田道真らの扇谷上杉勢が南から攻め込み、同時に北からも古河に迫るのです。これには江戸城の守りを三浦道含に任せた道灌も川越に入り、公方政知の命令を待ちました。

利根川唯一の渡河点にある山内上杉勢が造った五十子陣には、山内上杉方と越後上杉方に加え、東海方面の武将も動員しました。

残念ながら、公方執事の渋川義鏡の実家である越前、尾張、遠江守護斯波義敏《しばよしとし》は、将軍義政の命令を無視し、五十子に集合しませんでした。

「斯波勢などいなくとも、五十子に集まった上杉方だけで兵力は敵の二倍、これに北の岩松勢と宇都宮勢、南の扇谷上杉勢を合わせれば三倍になる、負けはしまい」

と、鎌倉公方足利政知は思っていました。

本当の戦を戦ったことがない鎌倉公方にとって、兵の数が多ければ勝てると思い込み、数だけが戦の勝敗を分ける基準であったのです

この時、斯波勢が加われば、公方政知方は成氏方の六倍の戦力で戦いに臨め、歴史は大きく変わっていたはずでした。

しかし世の中、簡単そうに見えることこそ思い通りにはならないものなのです。

長禄二年秋、北、東、南から古河公方勢に向け一斉に攻撃を仕掛けるという、鎌倉公方足利政知の壮大な作戦が始められようとしておりました。

五十子陣では当初、公方政知は自信満々で、簡単に数で劣る成氏勢を蹴散らせると思っていたのです。

ところが、距離の離れた三方面の連携が、全て上手く取れるとは限りません。

新任の鎌倉公方政知と管領渋川義鏡から軍勢催促を受け、五十子陣で公方政知と対面した関東の武将たちから、「偉そうに何様のつもりか。それが人にものを頼む態度か」などと高飛車で慇懃《いんぎん》無礼《ぶれい》な新任公方は不評を買っていたのです。

それにより関東の武将たちの士気は極端に低く、おまけに公方政知も管領義鏡も大きな戦を指揮した経験が全くなく、統制が取れずに出陣前から大混乱を巻き起こしました。

結局、統制が取れないまま政知勢は五十子から出陣はしましたが、大混乱は収まらず、軍勢の足並みなど揃うはずもなく、途中で帰ってしまう者が続出して戦うどころではなかったのでした。

結局、京方、鎌倉公方勢は戦うことなく、自落同様に兵を引き上げたのです。

公方政知は自分の責任は棚に置き、管領渋川義鏡一人の責任として、きつく叱責したのです。

翌、長禄三年十月、公方政知は、前年の失敗を挽回すべく今回は渋川義鏡を外し、山内上杉執事の長尾景仲《かげなか》に作戦を任せて、再度、五十子を出陣し古河を目指しました。

この時も、扇谷上杉勢は川越からの出撃となったのです。

古河を一気に目指した政知勢でしたが、成氏方は館林《たてばやし》付近で待ち伏せしており、数で勝る政知方でしたが押しまくられる展開となってしまったのです。

援軍を待ちわびた政知勢に、川越からの扇谷上杉勢は間に合わず、押されて陣形が乱れた政知勢は五十子に逃げ戻り、今回も痛い敗戦となったのでした。

公方政知は、援軍に遅れた扇谷上杉勢や作戦を立てた長尾景仲に責任を押し付け、今回も慰労の言葉などなく叱りつけただけだったのでした。


長禄四年四月、公方政知にとってもっと屈辱的な事態となりました。

なんと、陣所としていた伊豆国、国清寺が成氏勢の襲撃を受け、焼き討ちされたのです。国清寺は七十もの伽藍を持つ大寺院でありましたが、自前の守備兵を持たない公方政知は、大した抵抗もできず命からがら脱出し、近くの堀越に逃げ延びるのが精いっぱいでした。

これ以降、政知としては屈辱的に「堀越公方」と呼ばれるようになったのです。

堀越公方政知は、この時の屈辱から学び、自前で自由に動かすことのできる兵力の確保に動くことになります。

兄の将軍義政に、先の敗戦に駆けつけなかった斯波義敏を当主の座から追い落とし、自分の執事、渋川義鏡の息子を当主にすげ替えるように要望したのでした。

将軍義政は、すぐに動き政知の要望を叶えました。

これで気が大きくなった政知は、この力を背景にして、寛正二年から相模国や武蔵国の成氏領や寺社領を支配している山内や扇谷の上杉方に、自分の息のかかった代官に替えるように要求するようになったのです。

山内上杉方は、伊豆国守護である寺尾氏がいち早く対応し、なるべく山内方ではなく扇谷上杉方の支配地に対し代官を送り込むように仕向けました。

寺尾氏は堀越御所で堀越公方の警護を行っていましたので、政知に上手く取り入り、山内上杉方の有利となるように立ち回ったのです。

一方、道灌の扇谷上杉方の諸侯たちは、公方の無理難題に苦しめられ、当主である上杉持朝や家宰であった太田道真に窮状を訴えました。

諸侯の要望に応え、持朝と道真は時間稼ぎのため、公方政知に対し代官交代の返事を遅らせました。

これに怒った政知は、「持朝は謀反を企てている」と、幕府将軍に罰してもらうように讒言《ざんげん》（相手をおとしめる噂）を流したのでした。

将軍義政は、この「扇谷上杉持朝の雑説《ぞうせつ》（悪い噂）」に驚きました。

このままでは成氏追討どころか、関東の京方である上杉持朝勢と公方政知勢との味方同士の戦になると、事態の収拾に動くのです。

幕府に収拾を命じられた公方政知執事の上杉教朝は、持朝も政知も互いに譲らないため、困り果てた上に自害。持朝と政知の間で窮した三浦介、三浦時高と千葉介、千葉実胤それに大森氏頼らは隠遁。さらに、このような事態を招いたとして公方執事、渋川義鏡は更迭されたのでした。

渋川義鏡と行動を共にしていた木戸孝範も、この時職を辞して道灌の客将となりました。道灌は、親友木戸孝範のために、江戸城の近くに館を用意し厚遇したのです。

この相手の混乱に乗じ、上杉勢に攻勢をかけるのが定石ですが、古河公方成氏は、朝敵の誹《そし》りを免れるため、幕府との和平工作を扇谷上杉持朝と模索しており、上杉方への大規模な攻勢は控えておりました。

しかし、成氏の思い通りに和平が実現することはなく、この後も数年にわたり成氏方と京方、上杉勢とは足利や太田荘で睨み合い、散発的な戦闘を繰り返すのです。両者とも勝利は得られないばかりか、兵力を減らすだけの戦いになったのでした。

豊島氏との確執

寛正二年（一四六一年）頃、道灌は、五十子で睨み合いを続ける扇谷上杉勢の膨大な戦費や、荷揚げや陸送に必要な人夫の確保に苦労しておりました。

またこの年は、大飢饉が日本中を襲い、道灌が治める相模国や武蔵国も例外ではありませんでした。

この年、父である道真が隠遁し自分が家督を継ぐと、さらに戦費調達や人夫確保の責任が重くなったのです。

道灌は、寺社領に対する反銭《たんせん》（一時的な税金）や人夫を徴発するため、寺社領を直接支配することにしました。

特に鶴岡八幡宮寺のように関東の各地に広大な領地を持つ寺社に対し、道灌自らその領地の代官となり、または配下を代官として送り込むことで支配したのです。

道灌は、鶴岡八幡宮寺の相撲右長職にあった金子掃部助《かもんのすけ》を家臣とし、八幡宮寺領地に代官を送り込めるように仕組んだのでした。その他、先に話した大庭御厨や板倉御厨にも代官を派遣し支配を始めておりました。もちろん抵抗は、覚悟の上で悪人の誹りも甘んじて受けたのです。

そのような中で、道灌として心が痛むのは、今まで仲の良かった者たちと仲たがいすることでした。

例えば、仲の良かった宅間上杉憲直が支配する鎌倉の大寺院、報国寺領の秋葉郷名瀬村（横浜市戸塚区）で、道灌は戦地に荷を運ぶ人夫を徴発したのです。

これに対し「報国寺は我らの菩提寺である。断りもなく勝手なことをするな」と、宅間憲直側から抗議があり、「我らも勝手に人夫の徴発は行ってはおらぬ。山内上杉執事より、人夫の徴発は、主だった寺社領全てに申し付けられたこと。文句なら山内上杉執事に言うがよい」と、道灌は突っぱねたのでした。

道灌の行動がたとえ筋の通ったことであっても、一旦、このような言い争いが起こると互いの仲はぎくしゃくし、それ以後、宅間憲直は道灌が主催する連歌の会に顔を出さなくなってしまったのです。

もっと拗《こじ》らせたのは、江戸城と領地が接する豊島氏でありました。豊島氏は、「江戸城が出来上がると成氏勢から我らを守ってくれる」と、最初は警戒しながらも、表向きには道灌の江戸城築城を歓迎していたのです。

築城後、道灌が板倉御厨に代官を派遣し、江戸城周りと豊島氏の境界上の村から人夫の徴発を行い、さらに矢倉台や砦を築くと態度を硬化させ「勝手な範図の拡大などもっての外、これ以上、道灌の横暴は許せない」と、山内上杉氏執権長尾景仲に対処するように申し入れたのでした。

景仲は道灌の妻の祖父でもあり、「あまり顔を潰さないでくれ」と、道灌に懇願しておりましたが、道灌とて簡単に引き下がれません。道灌には成氏との戦い、すなわち関東御静謐の戦費捻出という大義があり、この実現のためにはどうしても譲れない国力増強であったのです。

事実、鎌倉時代からあった中野成宗《なりむね》の砦（東京都杉並区成田）や、稲付城（東京都北区赤羽）、日暮里の出城（東京都荒川区道灌山）などでは、この頃すでに両者の見張りによる小競り合いが頻発しておりましたが、道灌は「相手に挑まれたら、武士として逃げ出すことは許されない。従って、少々の小競り合いもやむなきこと」と、配下に話しておりました。

決意と覚悟

このように多忙な道灌にとって嬉しいこともありました。渋川義鏡や木戸孝範がお役御免となり、会う機会が増え、再び和歌への情熱がよみがえっていました。二人と過ごせるのは、今まで本当の友がいなかった道灌にとって新しい喜びでした。

それとこの時期に、道灌にとって人生の師と呼べる僧侶との出会いがあったのです。父道真が隠遁した話はしましたが、道真は隠遁して越生《おごせ》（埼玉県越生町）の山奥にある曹洞宗寺院、長昌山龍穏寺《りゅうおんじ》に入っておりました。

道真は、以前からこの山深く美しい渓谷脇の寺で静かに座禅を組み、周囲の山河を散策しながら自然を愛で、和歌を詠み静かに暮らすことが夢でありました。

寛正三年十月、道灌は父の居所を造るため静勝軒を建てた大工集団を連れ、父のいる越生に向かいました。

途中、蕨御殿（埼玉県蕨市）に立ち寄り、渋川義鏡を訪ねたのです。

蕨御殿は、江戸と川越の中間にあり、田んぼと雑木林の交ざった土地に、小川が作る湿地が点在し、この小川を利用し二重の堀を廻らした、付近より少し高いだけの城でした。堅固な城ではなかったものの庭だけは立派で、それもよく手入れがなされ和歌を詠むに相応しい四季の花が見事に配置されておりました。

その蕨御殿には、大工衆のほかに木戸孝範と弟の図書助、六郎を誘い、智宗配下の同朋衆八人に警護させ、重い荷駄を連ねて江戸から一日がかりで向かいました。

渋川義鏡は東常縁と一緒に道灌たちを待ち受けていて、着いたその日に連歌の会を開き、夜は和歌を肴に宴を開いてもてなしたのです。

宴の終盤、道灌が得意の琵琶を奏でると、酔って感傷的になった義鏡は、涙ながらに何回も同じことを繰り返し話しました。

「道灌殿、わしは本当に悔しいのです。遠く坂東までやって来て関東御静謐という使命を果たせず、お役御免となったことが悔しいのです」

「悔しい気持ちは私も一緒にござる」

と木戸孝範も東常縁も同様に涙を浮かべ、渋川義鏡に同情しました。

「武士の道を真っすぐに突き進んでいる道灌殿にお願いがござる。わしら三人の志を継いで、坂東の御静謐を叶えてもらえないだろうか?」

と、渋川義鏡が道灌に尋ねました。

「分かり申しました。もとよりその覚悟にて江戸で力を蓄えております。ここにおる図書助と六郎と共に、必ずや坂東の安寧、秩序の回復を成し遂げて見せまする。今後とも、関東御静謐には、皆様の協力を仰がねばなりませぬ。どうかよろしくお願い申します」

道灌は力強く誓うのでした。

酔う前には、

「主君の政知様は私欲が強過ぎ、人々の暮らしむきなど全く気にしてなどおらぬ。政知様には関東を任せられない」

などという主君の悪口や、

「江戸の治安が良いのは、道灌殿がいろいろな寺社を勧進し、町場の者を上手く集めて教育しているからじゃ。長く続く戦や、たび重なる飢饉などで人心が乱れ、悪人がはびこるのを抑えるには寺社での教育が必要じゃ」

と、道灌を持ち上げました。

「江戸で泥棒や火付けなどが少ないのは、役人に加え、宗派ごとに檀家や氏子を組織し、その者たちが見回りなどを行っているからではないか」

などと、民生の話まで繰り広げ、互いの意見を闘わせておりました。

こうして二日間を過ごしたあと道灌は、大工衆と警護の智宗らを連れ、今度は主君のいる河越に向かったのです。

本当は手土産などの都合もあり素通りしたいのですが、

「そばを通ったのに何故に寄らぬ」

と、主君に恥をかかせないように一日だけは寄ることにし、翌日、朝早く越生に向かいました。

越生の手前には山内上杉一味の毛呂《もろ》一族がおり、毛呂郷や道真のいる越生の地を支配しておりました。

毛呂一族は、最近になって越生にやって来た道真を敵視しており、越辺川沿いを行けば近道ではありますが、いらぬ摩擦を避けるため北に迂回。ここから低山が連なる越生に入り、緑濃い龍ケ谷川に沿った険しい山道を急ぐのです。

ここは、名の通り龍が昇って行くような水量の豊かな渓谷で、道幅は狭く重い荷駄を押し上げるには一苦労でした。

秩父往還と交わるところからはあと少しの距離なのですが、疲れ切った荷駄衆を見かねた道灌が押すと図書助も六郎も手伝い、やっと父のいる龍穏寺に暗くなる前に何とかたどり着きました。

ここでは父と龍穏寺四世の天庵玄彭《てんなんげんぽう》や多くの修行僧が道灌一行を盛大に迎えてくれました。

翌日から大工衆は、さっそく道真の居所、自得軒《じとくけん》の築造にかかりました。龍隠寺から少し下ったところに、以前道真の造った砦、三枝庵《さんしあん》があり、今回は向かいの南斜面に自得軒を建てるのです。

こうすると三枝庵が盾となり、龍穏寺と自得軒が守られるのでした。また、三階建ての自得軒からは、麓の景色がよく見通せるのです。

四日間で自得軒の手配を済ませた道灌は、図書助と六郎を江戸に帰しました。その翌日、道灌は人生の師と運命的な出会いをするのです。

その者は雲崗舜徳という道灌より六歳上の修行僧で、険しい越生の山々や渓谷で毎日六里の回峰行を続けておりました。

これを天庵住持から聞きつけた道灌は、「是非にお会いしたい」と願い出て会うことが叶ったのです。

「愚者は賢者を知らず、賢者は賢者を知る」との言葉通り、道灌は柔和なたたずまいの雲崗舜徳を一目見て、「気力と知力が精悍な顔つきに溢れ、さらに後光を感じたことから、今までに会った賢者中の賢者、いや菩薩様（現に生きる仏）でなかろうか？」と思いました。

　父に代わり太田家の家督を継いだ道灌は、江戸城で朝の勤行と弓馬の術の修練以外は何もかも配下の者がおぜん立てをしてくれ、全くといってよいほど体を動かすことがなくなり、事務仕事ばかりが増え、何より好きな山河を歩き回ることに飢えていたのです。そうした時に菩薩様のような山歩きの達人、雲崗舜徳に出会ったのでした。

　雲崗舜徳に感服した道灌は、江戸に戻るのを一日延ばします。舜徳の山岳修行を実際に見てみたかったのです。足に自信のあった道灌は、舜徳禅師に「是非、山河の修行をご一緒したい」と願い出たのでした。

　龍穏寺は当時、建屋の傷みが激しく建て替えが必要でありました。

　建て替え費用は莫大であり、その費用を出してくれそうな大旦那の道灌からの頼み、断るわけに行かない雲崗舜徳は、承諾するしかありませんでした。

「愚僧がいつも行う修行を体験されたいとか？　先ずは当寺の作法を学ばれてからにいたしましょう」

「作法とは、どのようなものがございましょうか？」

「先ずは、洗浄の作法、東司《とうす》（便所）からにいたしましょう。高祖、道元禅師は作法これ宗旨なり。得道これ作法なりと示されておられます」

「分かり申しました。よろしくご指導お願いいたします」

「では、明日の寅の刻、僧堂でお待ちしております」

翌日、道灌は早起きして身支度を整え、雲崗舜徳の待つ僧堂に寅の刻前に入りました。

すでに舜徳は座禅を組んで待っておりました。

舜徳は東司で、曹洞宗の洗浄（大小便）の作法を道灌に丁寧に教えてくれ、さらに勤行も作法通り済ませました。

「作法が一番大切であることは武士も同じこと。しかし道元禅師は、厠での作法を事細かく伝えられており、直綴《じきとつ》（法衣）を脱いで合掌するとか、灰を用いて三回手を洗いさらに、カラタチの実の粉をつけ、香木をもみ合わせ手に香りを付けることなど」

と、道灌は洗浄の作法、手順に感心しきりで、作法を頭に叩き込みました。

その後、雲崗舜徳は、粥座《しゅくざ》（朝食）の作法をこれも丁寧に教えてくれ、粥座を済ませた後、いよいよ山河を巡り修行をすることになりました。


雲崗舜徳は、この日は作法だけで、回峰行を一緒に行うつもりはありませんでした。ひどく危険であるためですが、道灌の熱心に作法に取り組む姿を見て考えが変わったのです。

龍穏寺の隣には熊野大権現があり、大権現の門の先を下ると渓谷沿いの細い修行道で、警護の智宗、一乗、慈覚、道智の四人が加わり歩き出しました。

「道灌様は誠に偉いお方じゃ。また、一から曹洞宗を学ばれようとしてなさる」

と、智宗は尊敬の念を深くし、雲崗舜徳も道灌の修行態度に感心しておりました。

季節は秋に近づいておりましたが、龍穏寺の周りの常緑の大木には青々とした葉が茂り、カッコウが近くに複数いるようで、深山に来たと感じさせてくれます。

足には自信があった道灌でしたが、道に大きな岩や木の根が出てくると、大先達の雲崗舜徳を追えなくなりました。岩や木の根は苔むしていて足の置き場を慎重に選ばなくてはなりません。毎日ここで修行をしている舜徳は、いちいち考えもせず軽々と飛ぶように登って行きます。

「まるで天狗だな！」と、感心しながら道灌も精いっぱい急ぎました。

「滑りやすいゆえ、ゆっくりと慎重に登ってくだされ」

と、舜徳がかなり上から道灌に、声を掛けてきました。

「分かっておるわ！」

負けず嫌いの道灌は心のどこかで一瞬思いましたが、

「まずい、感謝せねば。わしもまだまだ修行が足りぬ」と反省し、

「お気遣い感謝申します」と、大きな声で返しました。

「後をなぞって足を置き、ついてきてくだされ」

と前を行く智宗が優しく声を掛けてくれ、「慚愧、懺悔、六根清浄」を皆で合わせ調子

をとってくれました。

智宗は江嶋や高麗山（神奈川県大磯町）などで修行を積み、このような急なところにも慣れてはいましたが、初めての場所はやはり、慎重にならなければ主君が大怪我をすると、わざとゆっくり先導していたのです。

秋の日の山中で涼しいとはいえ、道灌は汗だくになりながら一時《いっとき》ほど登り、本来は見晴らしの良い飯盛峠に着きました。

ここには大日如来のお札を収めた祠があり、皆で座禅を組み真言を唱和しました。

峠から続く尾根道を歩き頂を目指しましたが、霧があたりを覆い始め、十間（約十八メートル）先が見えなくなってしまったのです。

大先達の舜徳は、これ以上は危険と判断し皆に下山を言い渡しました。

「あと少しなのに、何とかなるのでは？」

と、再び道灌は一瞬思いましたが、

「この山を知り尽くしている大先達が言われていること、間違いなどと思ってはいけない」と、思い直しました。

「登りより下りの方が滑りやすく、十分に気をつけられよ」

と、舜徳から声が掛かり下山しました。

途中、苔がついた大岩の下りが続くと、道灌の膝は抜けたようになり、力が入らず苦労させられましたが、何とか暗くなる前に龍穏寺に着いたのです。

今日の回峰行前にはあれほど自信のあった足腰に、道灌はすっかり自信が持てなくなっていました。また、途中で大先達の言葉に一瞬でも異を唱えた自分がおり、大いに反省しなければなりません。

この夜道灌は、寝床に入ってから、

「今、自分は念願であった江戸城が完成し、城域も広がり江戸の町も人が増え財力も得ることができた。大勢の足軽衆を養成し大きな戦力も得るに至った。関東御静謐のために今必要なのは、わし自身が冷静で適確な判断力を身につけること。負けず嫌いからくる苛立ちなどという、感情の乱れはあってはならぬこと。ここ龍穏寺に雲崗舜徳禅師と一緒に修行をしたなら、自分を変えることができ、生まれ変われるかもしれぬ」

などが頭を巡っておりました。

「来年、ここに必ず戻って参りますゆえ、その時はまた修行を一緒にお願い申します」

翌日、道灌はこのように雲崗舜徳禅師に願い出て龍穏寺を後にしました。

「道灌」誕生

あくる寛正四年、夏安居《げあんご》に再び龍穏寺を訪れた道灌は、雲崗舜徳と回峰行を共にし、高祖道元禅師の正法眼蔵随聞記《しょうぼうげんぞうずいもんき》と太祖瑩山《けいざん》禅師の説法などを一緒に学びました。

幼き頃、道灌は鎌倉の臨済宗寺院で般若心経を学んでおりましたが、この時、改めて般若心経を学び数多くの新たな学びがあったと感じていました。

その中には「般若心経の色即是空の空が、有でもなく、無でもない。そして否定でもなく、肯定でもない。さらに万物は、常に流れ変化するという諸行無常の捉え方」、そして、「無限に広がる因縁」が、仏の伝えたい真実であり法則であることなどであり、道灌にとっては生まれ変わったように感じられたのです。

寛正五年十月にも、道灌は龍穏寺に雲崗舜徳禅師を訪ね、越生の山河大地を回り、曹洞宗高祖の道元禅師が伝えた正法眼蔵随聞記、現成公案《げんじょうこうあん》の巻を一緒に学びました。

現成公案とは、まさに正覚（悟り）の実現ということで、後世に残る名句、名文がちりばめられておりました。

道灌が特に関心を寄せたのは、「自己をはこびて万法を修証するを迷とす、万法すすみて自己を修証するはさとりなり」という名文でありました。

道灌には、書物、文字で「悟り」は得られるものでなく、実際に修行をなし、自己を見つめ変化のありようを感じ、自己は、自分の身心だけで成り立つものでなく、さまざまな因縁によって成立していることを、強く意識したのです。

寛正六年は道灌にいろいろなことが起こり、龍穏寺に行くことは、叶いませんでした。

文正元年（一四六六年）、道灌三十五歳の年、晩秋になりやっと時間がとれたので、龍穏寺に雲崗舜徳禅師を訪ねました。

山間の越生はすでに冬。高祖道元禅師の正法眼蔵随聞記、諸悪莫作の巻を一緒に学び、寒さの中、野宿をしながらの回峰行を行いました。

七仏通戒偈《しちふつつうかいげ》に仏の教えとして「諸悪莫作《しょあくまくさ》、衆善奉行《しゅぜんぶぎょう》、自浄其意《じじょうごい》、是諸仏教《ぜしょぶつきょう》」と、あります。意味は、「もろもろの悪をなさず、もろもろの善いことを行い、自らの心を浄める、これ諸仏の教えなり」と、誰もが当たり前に分かっていることです。

分かっていることと、実際に行うことは別で、当たり前のことを常に心がけ、常に行い続けるのは難しいことと、高祖道元禅師は伝えているのです。

では、どうしたらよいか？

雲崗舜徳禅師は、仏道を学び、山河大地、日月星辰《じつげつせいしん》に日々心身上げて修行すれば自分の進むべき正しき道「諸悪莫作、衆善奉行」が自然に見えてくると道灌に伝えました。

「自然に見えてくるとは？」を、道灌は、寒さが厳しくなった越生の山中で回峰行を行い、身をもって感じるのです。

修行は厳しくないとなりません。

ひどい寒さの山中で、一人では生き残るのは大変なのです。複数人いれば、眠る時、皆が身を寄せ合えば凍死することはありません。

「寝床を見つける、食べ物を集める、火をおこす、水を汲むこと」を一人で行えば、さらに大変です。大勢いればこれを分担し、助け合えば生き残れます。他人に感謝しなければなりません。山の幸の少ないこの季節、得られる食べ物にも、得られた自然にも感謝せねばなりません。

雨露しのげる大木や岩の洞にも感謝です。

結局のところ、一人の力だけでは一日も生きられず、人は自然や他人の力を借り、感謝しながら生きるしかないのです。

道灌は、このようなことを頭では十分に分かっているつもりでしたが、普段は感じることがなく、修行して初めて思い知らされたのでした。

この時の回峰行では、携帯する食料は少なく、この時期山で得られる食べ物はジネンジョとムカゴぐらいでありました。

回峰行三日目、道灌は腹を減らした体で険しい山登りを続けると、当然に足が重く上がらなくなりました。おまけに冷たいみぞれも降り出し、さらに登ると雪になりました。

雪の中、寒さに震えながら山道を進む道灌たちは、大声で「慚愧、懺悔、六根清浄」と唱和し、自分の声か、ほかの人の声か分からなくなるまで声を合わせ、気力を出し尽くすのです。

すると、道灌に摩訶不思議なことが起きました。

みぞれや雪に濡れた冷たい体や重い足どりが、いつの間にか体が温かくなり、足も軽くなって気分まで明るくなったのです。

「皆に元気をいただいた。周りの木々たちも、冷たい雪さえも元気をくれている」

と、道灌は周りのもの全てに感謝したのです。

仏の慈悲を感じた瞬間でした。

これを大先達、雲崗舜徳禅師に話すと、

「殿にも仏が降りてきなさった」

と言って、自分のことのように喜んでくれたのでした。

その後も毎年のように龍穏寺での山岳修行は続けられ、文明三年（一四七一年）秋、龍穏寺が再興され法要が行われた時、道灌は龍穏寺五世となった雲崗舜徳禅師から嗣法を授かり、剃髪し「道灌」と号したのでした。

ひいの霊力

寛正六年にさかのぼり、話を続けましょう。

この年、江戸城では足軽兵の募集を二月に始めました。

坂東の各地から募集の噂を聞きつけた食い詰め者たちが、「江戸に行けば飯にありつける。江戸のお殿様が兵として雇ってくれ、おまけに土地まで分けてくれる」と、江戸を目指して押し寄せたのです。足軽兵の募集は定員超えとなり、逆にふるい落とすのに苦労したのでした。

この年、修練する足軽兵は三百人。八か月の養成期間でありました。

「足軽の募集は、敵方に間者の紛れ込む機会を与えている」

道灌はそう考え、修練兵は外出禁止とし、手紙のやり取りも検閲したのです。

六月、何とかしてつなぎを取りたい修練兵に紛れ込んだ間者二人が、夜陰に乗じて外出を試みましたが、城を出たところで見張り番に見つかり、逃げようとして抵抗した末、討ち取られる事件が起きました。以前もこのような事件は起きていましたが、この年は、この五日後に同様な事件が再び起きたのです。

同様な事件とは、江戸城大手門（当時は現在の平川門）近くの米屋で火事があり、店の者が大手門近くで、「火事だ！　助けてくれ！」と大声を出し、城の兵士に助けを求めたのです。

大手門近くの梅林坂下にあった足軽兵の兵舎で騒ぎを聞きつけた足軽たちが、江戸城に火が移っては大変と、門番に門を開くように迫りました。

この時、空を真っ赤に染めている火災を見て気が動転した門番は、上役の沙汰が下りぬのに門を開いてしまったのです。

兵舎から百人ほどが手に斧や桶などを持ち、米屋の消火を手伝いました。

この頃の消火は、隣の家を叩き壊し延焼を防ぐことが一番でしたが、火事場のすぐ近くに平川が流れており、直接水をかけることもできたのです。

この夜は風が強く吹いていなかったことが幸いして、米屋と隣の家を燃やしただけで済みました。

道灌も配下を引き連れ火災現場に駆け付けました。

ことの次第を米屋の主や門番などに詳しく尋ねると、

「火の気はなかった。火が出た直後に大声で助けを求める声を聞いた」

など、付け火を疑うような事実があり、また、

「この騒ぎは、足軽の中にいる間者と連絡を取るため仕組まれたのでは？」

という強い疑いを持ったのです。

次の日道灌は、「怪しいものは全て捕らえよ！」と、城廻りの役人と足軽兵の教師たちに沙汰を出しました。そして、古河（茨城県古河市）から嘘を見破る特技を持つひいを、急遽、江戸の湯屋に巫女頭として戻し、後日、ひいを交えて厳しく取り調べるとしたのです。

道灌は、ひいのたぐいまれな嘘を見抜く能力に期待したのでした。

道灌が聞いたところによると、

「ひいは、精神を研ぎ澄ます修行により五感に優れ、特に嗅覚が犬並みで、また腕や顔の産毛で邪悪な気を感じる」

とのことでした。

「道灌様に会える。お役に立てる」

と、ひいは大喜びで江戸にやって来ました。古河の湯屋ではこのところ成氏公方の動きが少なく、「大してお役に立てていない」と感じていたのです。

ひいが江戸に戻った三日後に道灌は、湯屋を訪ねました。

「久しぶりじゃのう、ひい。面をあげて顔を見せてくれぬか。元気であったか？」

「お陰様で、元気に暮らしておりました」

互いに顔を合わせた瞬間、相手の変わりように驚きました。

ひいは、「道灌が以前よりも目が優しくなり、その上、気力に溢れ菩薩様のように後光がさしている」と感じたのです。

対して道灌は、「はっと息を呑むほどの美しい女になった。日頃の厳しい修行により、さらに霊力が増している」と感じ、しばし見つめ合った後言葉を続けました。

「それはよい。お役目もご苦労であった」

「やさしいお言葉、ありがとうございます。ただ、お役目というほど働いてはおりませぬ。それがたいそう心苦しく思います」

「それが何よりじゃ。ひいが忙しいということは、わしが困ることになる」

「ところで、恐れ多いこととは存じますが、一つ、お殿様にお聞きしたいことがございます」

「何なりと申すがよい」

「お殿様は今年、上洛されるとお聞きしましたが……」

と、古河で聞いた道灌の噂話が本当かと尋ねました。

「そのことか。京の将軍様が、わしの歌（和歌）を聞きたいと、お招きくださったのじゃ。せっかくのお招きじゃが、お断りしようと思っておる。主君の持朝殿や山内殿を差し置いて上洛すれば、いらぬ憶測を呼ぶでのう」

「それがよろしうございます。京では管領家の皆様が揃ってお家騒動の最中だそうで、いつ大きな戦が始まってもおかしくないと思われます」

「そなた、京の動きにも詳しいのか？」

「古河におりますと、京の将軍様の動きも知らなくてはなりません。今は京踊りを習わせるため巫女を五人ほど京に行かせております る」

「そうであったか」

このようなやり取りの後、ひいの誘いに応じ、道灌は風呂の中で熱く結ばれました。大人になったひいを、初めての時のように心身あげて優しく愛したのです。

ひいは心の中で、「最高の男に今宵も一生分愛していただいた。これ以上の幸せなどあり得ない。あとはお役目でお返しするのみ」と、改めて誓ったのでした。

あくる日から、ひいの新しい仕事が始まりました。

米屋に火をつけた下手人を割り出すため、町場にある番屋に店番や使用人を一人ずつ呼び出し、用意した質問をしたのです。

下手人だけに明かりを当て、吟味役やひいの方は暗くし、緊張を高めるため、わざとゆっくりと質問しました。

これは道灌が考えたことでした。

下手人は嘘を見破られないように顔は平静を装いごまかそうとしますが、体は緊張を正直に現し、手のひらや脇に汗をかくのです。

この汗のわずかな臭いを、ひいが嘘を見抜き、ひいは見逃しません。

この時は、ひいが嘘を見抜き、二人の間者を割り出しました。

道灌は、この間者を処刑することはしませんでした。一旦牢屋に入れ、しばらくの間留め置いてから赦免をちらつかせ、逆に利用しようと考えていたのです。

一方、足軽兵の取り調べは地下牢の暗い部屋で行われ、嘘がばれたら二度とここから出られないと思わせるような雰囲気を道灌は作り出しました。ここで、ひいが見抜いた間者は四人。道灌はこの四人を処罰することなく何事もなかったように修練を続けさせました。しかし、四人には各人に二人ずつ見張りをつけ、間者がどこから来たのか明らかにし、将来、偽《にせ》の動き（偽情報）を流させるつもりでいたのです。

ひいは、このお役目が終わり道灌から慰労された後、再び古河に戻ったのでした。

二年後、ひいの予言通り、京で応仁の乱が勃発、その結果、坂東では堀越公方の後ろ盾が霧散し、成氏公方の討伐どころではなくなりました。

寛正元年（一四六六年）二月十二日、山内上杉氏を率いてきた上杉房顕が五十子陣中で死去、跡目は越後上杉家の顕定《あきさだ》（十四歳）に決まりました。

次の年、応仁元年（一四六七年）九月七日、今度は扇谷上杉氏の当主上杉持朝が死去。政真《まさざね》（十六歳）が跡目を継ぐことになり、両家共に年若い当主で道灌や道真の責任が重くなっていました。

文明二年（一四七〇年）一月十日、若い両上杉当主のお披露目と御味方衆の結束のため、道真、道灌父子は連歌師の心敬、宗祇《そうぎ》らを招き、川越城で盛大に連歌会を催し、これが川越千句と呼ばれることになりました。

家督を道灌に譲ったとはいえ、父道真は道灌を補佐し、二人で家宰の役割を全うしていたのです。

赤見《あかみ》城合戦

文明三年二月、ひいから「古河の動きが慌ただしくなっている」と、伝えてきました。その直後の三月初め、古河公方成氏が、小山、佐竹の軍勢を伊豆に押し出し、堀越公方がいる韮山《にらやま》に迫ったのでした。

同時に上杉方の足利の拠点である勧農城《かんのうじょう》（栃木県足利市）を佐野、宇都宮の軍勢を繰り出し攻め寄せましたが、城主、鎌倉長尾景人《かげひと》が見事な采配で追い払ったのでした。

これを確認した関東管領上杉顕定《あきさだ》は、各地の上杉勢に軍勢催促状を出し、これが道灌の江戸城にも届きました。

道灌は、主君の命に応じて五十子陣に向け、安元、図書助、六郎ら五十騎と養成した足軽兵百五十名を引き連れ江戸城から急遽《きゅうきょ》出陣したのです。此度の道灌の出陣で、足軽兵の中には今や戦斧の名手となった萬五郎や鶴亀丸、弓の名人、日暮里玄蕃もおりました。

この時の軍勢召集は、公方成氏の軍勢が伊豆に出払い留守の間に、足利、佐野、館林を攻め立て、最後に本拠の古河に大攻勢をかけようと管領執事長尾景信が画策し、軍勢を集めさせたのでした。

利根川を渡河できるのは上杉勢が陣取る五十子陣付近しかなく、これより上流では流れが速く人も馬も渡れず、下流では流れは緩くなりますが水深が深く船を使わないと渡れません。したがって上杉顕定は、一度に攻勢をかけるため五十子陣に全軍を集めたのです。

過去には三方向から成氏勢に攻勢をかけましたが、上手く連携が取れずに負けた苦い経験があることから、今回は五十子陣に全ての軍勢を集めたのでした。

道灌は江戸城を留守するにあたり、不測の事態、すなわち上総の武田勢や下総の千葉勢の来襲に備えるため、三浦道含、道寸《どうすん》親子や、吉良成高、上田入道を江戸城に呼び寄せ、守備を固めさせていました。

出陣三日後に、道灌は五十子陣に着いたのです。

大手門をくぐると、そこには父道真と長尾景信と、その息子景春が道灌を出迎えてくれました。

前にも話したように、道灌の妻は景信の娘で、景春は義理の弟でもありました。

道灌は、景春の幼き頃から一緒に弓馬の手ほどきをしたこともあり、景春は実の兄のように道灌を慕っていたのです。

この時も管領上杉顕定に着到の挨拶をした後、道灌と景春は物見櫓の上で親しく立ち話をしたのでした。

「兄上、たいそう久しぶりでござる。お元気そうで安心いたしました」

「景春殿こそ健勝そうで何よりです。少々風が強く吹いてはいるが、今日は誠に良い天気。ここの見晴らしは絶品ですな。気分が晴れまする」

「確かに、今日は天気が良いゆえ、南の秩父の山々、西の妙義山、北の榛名山、赤城山それに足利の山々、遠く筑波山まで一望でござるよ。まさに五十子は坂東の中心にござるな」

と、かつて道灌に教わった通りに山々を指さしながら、景春は昔のことを思い出しておりました。

「誠に見事、実に坂東は広い。この坂東に比べれば我らは小さい。今はその小さきものがこの坂東の地を争っておる。天子様からの借り物であるのにじゃ。一日も早く戦を終わらせたいものよ、景春殿」

「誠に」

「ところで管領様には忠景様がいつもついておられると聞いておるが、景春殿が一緒におられなくてよいのか?」

「わしは、あのお方（上杉顕定）がどうも苦手で、若いのに妙に落ち着き払い、その上、学者面して指図しおる。それで叔父上にお願いしておるのじゃ」

「わしも、偉そうに学者面していると、よく言われるが」

「兄上は、それだけの研鑽を積んでおられる。まだ大して学んでもいない顕定様とは比べようがありませぬ。それに今わしは、上州や武州の一揆から預かった三百名の騎馬衆を修練の最中でして、今が大切な時でござるよ」

「騎馬衆の噂は、かねがね聞きおよんでおりまする。一揆勢には命知らずの騎馬武者が多い。景春殿も私同様、真面目な者より命知らずの変わり者がお好きなようですな」

「命知らずの変わり者の方が、一本気で裏切り者が少ないように思えます。真面目な奴ほど、最後は利で動くのでな。そう言えば、兄上こそ千を超える足軽衆をお持ちとか。此度は楽しみでござる」

「いや、此度は管領様の軍勢催促状通り、騎馬武者一人に三人の足軽小者で参りました。景春殿の騎馬衆の戦い、楽しみにしております」


十日後の四月一日、五十子陣より六千の上杉勢が足利目指して出陣しました。

この五十子陣は、渡河点の西にある低い丘を利用した平山城で、堀が二重にはなっていますが、それほど防備は堅固とはいえず、渡河点で相手を待ち構えるための駐屯地でありました。

長尾景春率いる騎馬衆、三百騎が先鋒を務め、足利にある長尾景人の勧農城を目指したのです。

勧農城、ここには二十年前、若き道灌が学んだ足利学校がありました。

三年前の応仁二年、成氏公方勢に勧農城が攻められたことで、足利学校庠主《しょうしゅ》（学長）が多くの書籍が焼けるのを心配し、近くの鑁阿寺《ばんなじ》（栃木県足利市、足利氏の出身地）に学校を移したのでした。道灌もかつての学生として、足利学校の再興に多額の寄進をしておりましたので、この時足利学校に出向きましたが、当時を知る教師は一人もおらず、時の流れを感じさせました。

勧農城に着いた上杉勢の大将、白井長尾景信は、ここで軍勢を二手に分け、成氏勢が籠もる佐野の諸城を攻略すべく動きました。

一つは景信と息子の景春、それに道灌と扇谷上杉勢であり、二つ目は鎌倉長尾景人と総社長尾忠景勢でありました。景人の軍勢は、大高氏と加胡氏が守備する八椚《やつくぬぎ》城（足利市八椚町）を目指し、景信と道灌の軍勢は高氏が守る山城の樺崎《かばさき》城（足利市樺崎町）に向かいました。この時寄せ手は、いずれの城も三方向から攻め寄せ、一方向は退路をわざと開けて退城を促したのです。

当時の戦いでは、全ての方向を取り囲んで皆殺しにするといった戦国末期の戦法は取りませんでした。武士は何より面子が大切であり、寄せ手に一度でも反撃すれば城手の面子が保てることから、寄せ手が一度に力攻めで攻め上がることはせず、少人数での攻城を仕掛けながら城手の様子を見て、退城しないようであれば人数を増やすといった戦法を取っていたのでした。

この時も、大将である景信と景人は、三方向から徐々に人数を増やす作戦で、いずれも三日間で成氏勢を退城させたのでした。

樺埼城を落とした景信が、次に向かったのは赤見城《あかみ》（栃木県佐野市赤見町）、八椚城を落とした景人は只木山城《ただきやま》（足利市多田木）に向かいました。

景信と景春、道灌の軍勢は、樺崎城の東にある峰々を避けるため、一旦南下し東の峰々をやり過ごしてから、両側を低い山々がある平坦な谷道を北上し、四月六日に赤見城を囲みました。

この間、三里ほどでしたが、抵抗する者はおりませんでした。

赤見城は武芸達者な南式部大輔《みなみしきぶだいすけ》父子が守備する低い丘のような城で、一見攻略しやすいようですが、深い水堀が二重に作られ、さらに高さ三間（約五メートル）の土塁に守られており、侮れないと道灌は感じていました。

景信もそう感じたのか、三方を取り囲んだ後、城方に降伏を促しましたが、誇り高い南式部大輔はこれを拒否。景信は、夜に軍議を開きました。

景信の軍師である陰陽師、土御門昌常《つちみかどまさつね》は、

「攻城の日を四日後とし、城手を寝かさないように太鼓や鬨の声をあげ篝火をたいて威嚇せよ。また、毎夜十名ぐらいの弓衆を繰り出して城手の反撃を見るとしよう。手薄のところが見つかればそこを突けばよい」

と、景信に進言しました。

「道灌殿は足利学校にて兵法を学んだと聞く。此度の攻城につき申したき儀があれば何なりと申すがよい」

景信より声が掛かったので道灌は、

「僭越ながら申し上げます。四日後の攻城の日や毎夜の威嚇など誠に結構でござります。その四日の間を利用して、移動できる櫓《やぐら》を六台拵えます。各方向に二台ずつ置き、土塁にいる敵方の上から弓矢と石火矢を射掛けるのです。それと同時に堀を渡す梯子も作らせましょう。あとは水堀でございます。水の手を探し堰《せ》き止め、下流の堰《せき》を切ります。これができましたなら、必ずや城は落ちまする」

道灌は軍師の考えを批判せずに、今回は当たり障りのない策を披露しました。

「良い考えじゃ、道灌殿。皆も道灌殿に協力するがよい。手が足りなくば、何時なりとも申すがよい」

景信は、婿である道灌の策を全面的に支持したのでした。

さっそくこの夜、城の近くで篝火をたき、攻め太鼓を鳴らし、弓衆が少人数にて火矢と矢を射掛けました。

城方もこれに対して、矢団の雨を降らし応戦しました。

三日後になると城手の応戦する矢が少なくなり、景信の思う壺となっておりました。

移動の櫓や梯子に使う木材は、智宗たち同朋衆がすぐに見つけてきました。

さっそく切り出し、高さ五間の櫓と四間半の梯子が三日で完成しました。

水堀の水の手はすぐに見つけ、堰き止めました。

問題は水堀の堰を切ることでした。

堰は城方の目の前、矢がしっかり狙えるところにあり、見つかると城内の守備兵から矢弾の雨が降るのです。

結局、水堀の堰を切ることは、「攻城の日に、他方から攻め立てた上で切ろう」となったのでした。

水堀の水を抜けぬまま、本格的な攻城の前夜を迎えました。

道灌はこの夜、酒を振る舞い、萬五郎と鶴亀丸に猿楽をさせることで盛り上げ、皆の不安を取り除こうとしましたが、ここに集まった精鋭たちからは不安など微塵も感じられず、「この中で不安なのは、わしだけじゃ。杞憂であったわい。我々が樺崎では後塵を拝し、戦働きがなかったので腕が鳴るのであろうか？」とも考えました。


早朝寅の刻、攻め太鼓と同時に移動櫓が持ち出され、ぬかるんだ湿地に敷いた藁束の上を、ゆらゆらしながら移動櫓を担いだ寄せ手たちが、赤見城の二の郭と三の郭に迫ります。土塁に近づくと、移動櫓の真後ろから梯子二台の持ち手が「おー！」と、大声を出して櫓を追い抜きました。

移動櫓の上から土塁上の城方目掛けて矢が射られると、梯子の持ち手が頭の上に梯子を持ち上げ、城手の矢に怯むことなく、「おー！」という大声と共に土塁に掛けました。道灌の軍勢は三の郭の北側より近づき、梯子が掛けられると、真っ先に図書助の戦斧十人衆が身をかがめ梯子を渡り城手に迫ります。それを援護しようと平場の弓衆と、櫓上の弓衆が一斉に矢を放ち、城手をくぎ付けにしたのでした。

守りは崩されると弱いもの。城手が矢団の雨で怯んだと見た図書助は、「今じゃ！」と大声を出して土塁に駆け上るや、「うりゃー！　とりゃー！」と、訳の分からぬ奇声を発し、城手の連盾を打ち壊しながら、弓衆を追い回しました。

これを見て道灌は、太鼓の連打で、自軍主力の武将たちに、土塁上に上がるように促したのです。

小者や足軽を連れた道灌勢の武将たちが、「わー！」と大声を上げて戦斧十人衆に続きました。

道灌も一番後ろから、智宗たち四人の同朋衆に囲まれながら土塁に上がったのです。

見ると、すでに図書助は、郭内に入って城兵を追い回しています。

「どこまで行くつもりじゃ。危ない奴め」

道灌は、一旦退き太鼓を叩かせるように慈覚を走らせました。

ほどなくして退き太鼓が叩かれ、奥にいた図書助たちも道灌のところまで戻ったのでした。

城手は勢いのある寄せ手の攻撃に手を焼き、この時すでに三の郭を放棄して主郭に逃げ出しておりました。

寄せ手の死傷者は櫓と梯子の持ち手、十五名ほどが矢を受け重症、弓衆三人も矢が当たり負傷と、小者五人が死亡し、四人が手傷を負いました。

道灌は、負傷者と手当ての医者たちを外に出し、三の郭の内側に無傷の兵士たちを集めました。

「よくやった図書助！　皆も良き働きであった。今後ここを死守する」

道灌は集まった者たちに労いの言葉を掛け、皆の顔を一人一人見回して大きく頷きました。「図書助の様子がおかしい？」と見た道灌は、

「どうした図書助？」と、声を掛けました。

「なあに、大したことはござらぬ。足に矢がかすっただけでござる」

道灌が図書助をよく見ると、右ももに矢が刺さっており、根元を自分で折ったようでした。

「戦の最中は興奮して痛みなど感じないこともあるが、傷をさらに悪化させてしまうと取り返しがつかないであろう」

と道灌は言い、命じました。

「図書助を医者のところに連れて行け！　一乗、慈覚頼んだぞ」

「まだ戦えまする！」

「いや、ならぬ！　わしの言うことが聞けぬか！」

声を荒らげた後道灌は、ゆっくりと力強く言いました。

「皆のものもよく聞け、死を覚悟して戦に臨み、戦場での負傷や死ぬことは名誉なことじゃ。しかし、お前たちは、わしの宝じゃ。よいか、そのことを忘れぬでくれ」

この日、景信は二の郭を落とし、景春配下の一揆衆は夥《おびただ》しい死傷者を出したにもかかわらず、堰を切り水堀の水を抜いたのです。

しかしながら水堀の水深が深く、すぐに水は抜けません。

そのため、主郭の周りを取り囲む二重の水堀を突破することは、二の郭、三の郭以上に難しいと知りました。おまけに主郭には、東南と西北に櫓があり、道灌が作った移動櫓よりはるかに高い物でした。

次の日の夕刻、再び軍議が開かれ、景信は道灌に、

「何か策があるか？」と聞いたのでした。

「今の季節は風が強く吹く日がございます。その風の強い日に風上に陣取り、ここに全ての移動櫓を集め、櫓の上から矢を放てば、風が味方し高さの不利を消してくれましょう。

また、全ての梯子を土塁に掛け、ここから力攻めをすると思わせるのです。城手の配置が移動櫓に集中するのを確認したのち、反対側に馬の通り道である橋を渡します。これは土塁に上がる橋と二重の水堀を渡す橋を速やかに架けるのです。橋が架かったならば、景春殿の騎馬衆の出番で、鍛え上げられた騎馬衆が細い橋を城まで突き進み、城手を蹴散らすというのはいかがかと?」

これを聞いた景春は上機嫌になり、すぐに声を上げました。

「それは良い。道灌殿が馬の道さえ敷いてくれたなら、我ら一気に敵を蹴散らせてご覧に入れましょう」

「道灌殿の策は聞いたが、他の策をお持ちの方はござらぬか?」

景信は一同を見回しましたが、他に策を持った者はおらず、道灌の策に異論は出ませんでした。

「して、馬の道とやらを作るのは道灌殿がやってくれるのだな。土塁と堀に木橋を架けるのも頼んだぞ」

と、景信は念を押しました。

「馬が通れる平らな木橋を三本、三日で作らせましょう。皆様に申し上げます。要害造りの得意な木工の衆をお貸し願いたい」

「そちらは、わしの方で手配するゆえ、安心召され」と景信は言いました。

木工は百人ほど集まり、切り出した木を持ち運びが容易《たやす》いように、木工たちは手斧を使い板に加工するのを二日でやり終えました。

板に横木を渡すことは時間を要せず、結局、木橋は二日で三本とも完成し、景春に実際に乗ってもらい、検分を行った上で風の強い日を待ったのです。


文明三年四月十四日、赤見城に春の南風が朝から強く吹き出しました。

南風を確認した景信は卯の刻、攻め太鼓を大きく鳴らさせたのです。

赤見城の南西側に、寄せ手は移動櫓を六台全て配置しました。

城の櫓は南東の角にあるため、城手の矢は移動櫓には届きません。

梯子も全てここの土塁に掛けるのです。

城内からは南の向かい風が強く矢が届きにくいため、放ってきませんでした。

「これはもらったな。この風なら力攻めも悪くないのでは？」

と、景信は自信を深めました。

寄せ手の弓集が矢を上に向ければ城手に届く距離まで近づくと、頭の上に梯子を担ぎ上げた持ち手たちが土塁に迫ります。

城手の矢の届くところに迫った梯子の持ち手に、雨のように礫《つぶて》や矢が降り注ぎましたが、梯子と陣笠で頭を隠している持ち手は怯むことなく進み、土塁に梯子を掛けました。戻る時の方が地獄で、矢や礫が当たり倒れこむ者が続出し、取り残された者にも容赦なく礫が襲いました。

後方からは景信主力の大軍が静かに迫ります。

この光景を見た城手は、「これは南面からの力攻めじゃ」と大騒ぎになり、守備兵のほとんどがここに集まったのです。

移動櫓の上で守備兵の配置を確認した見張りが景信に合図すると、攻め太鼓が一斉に鳴らされ、寄せ手弓衆の矢団の雨が赤見城に降り注ぎました。

この攻め太鼓の連打が道灌への合図でもあり、反対側の窪地に隠れていた道灌は、「いざ！ 進め！」と、木橋三台を送り出し、弓衆と共に自分も駆け出しました。

道灌勢が駆け出したのを見た景春騎馬衆は、道灌のいた窪地まで馬を進めたのです。

土塁や水堀に掛けられる木橋は、昨日、同様な地形で修練を繰り返したお陰で、出発からほんの四半時で橋を掛けることができたのでした。

城兵もこれに気づき反対側に動き出したその時、景春の騎馬衆が一騎、また一騎と木橋を渡り鬨の声を上げました。さらに人数を増した騎馬衆は皆、一騎当千の強者揃いが横一列となり主郭内になだれ込みました。

城手を指揮する南式部大輔父子と馬周り十五名ほどが景春騎馬衆に立ち塞がりますが、

馬上から素早いさばきで槍を繰り出し、あっ気なく父子と馬廻衆は景春たちの餌食となったのでした。

これを見た城手は敵わぬとみて、弓や刀を放り出し、土塁を越えて逃げ出しました。景春騎馬衆が主郭内に突入した時、すでに勝負はついていたのです。

館林、大袋《おおぶくろ》城の戦い

赤見城を落とした長尾景信勢は、その後も春日岡（栃木県佐野市）の要害、天命《てんみょう》（佐野市天明）の砦、只木山城をいずれも数日で落とし、怒涛の勢いで館林、大袋城（館林城／群馬県館林市）に迫っていました。

一方、八椚城に向かった景人、忠景勢は手を焼きながらもここを落とし、少し遅れて館林に現れたのです。

大袋城、ここは館林湖の東端にある浮島の上に築かれた城で、対岸とは唯一、十間の引橋で繋がっていました。

船着きは島の奥にあり、他に船を着けることはできましたが、いずれも高さのある土塁に守られ、引橋を引かれ浮島になると難攻不落の要害でした。

景信は景人、忠景が到着すると軍議を開き、赤見城の時と同様に道灌に「策があるなら申すがよい」と、いの一番に聞きました。

道灌は三日間、城の様子や周りを調べ上げ、攻城の策を考えておりましたが、「これなら落とせる」という考えは浮かばず、

「物資を運ぶ船を城の船着きに着けさせないようにした上、兵糧攻めがよろしいかと存じます」

と、当たり障りのない策を答えました。

これに対し忠景は、

「そんなことでは三月《みつき》もかかるわい。こちらからも橋を掛け、さらに矢を射かけ、手薄になった奥の船着きに船を送り込む。これを三日も仕掛ければ落ちるであろう」

と、力攻めを訴えたのです。

季節は春から初夏に向かい、上杉勢の従軍兵士は半農半士が多く、田植えの時期が迫っておりました。そんな事情もあり、戦を早く切り上げたい諸侯は、「忠景の力攻め」の案に異論を唱えず、景信も忠景の案を了承してしまったのでした。

「そんな無謀な策では兵がいくらあっても足りぬわ。身動きの取れぬ橋の上や船の上は、石火矢や礫の格好な餌食となり地獄よりひどい。矢の届かぬ安全なところで威張り散らし

ている武将の考えそうなことじゃ」

道灌は怒りが収まらず、景春にも、

「何とか無謀な策を止める手立てはないものか？」

と、愚痴をこぼしておりました。

二日後、忠景の工兵が三艘の船の上に板を置き繋ぎ合わせて、島に渡れるだけの長い船橋を作り上げ、この陸からの船橋と、湖上から二十艘の船を使い景信勢が夜襲をかけたのです。

このような攻撃を想定していた城手は、「待ってました！」とばかりに船着きに備えた櫓や引橋の櫓から石火矢や大きめの礫を寄せ手目掛けて投げつけ、これが寄せ手の盾を打ち破り、ほんの半時たらずで寄せ手は壊滅状態に。城手は大いに盛り上がり、這《ほ》う這《ほ》うの体で逃げる寄せ手を、大笑いで見送ったのでした。

大袋城には弓の名人高師久《こうのもろひさ》が城手として在陣しており、軍師としても評判な武将でした。先の寄せ手の考えそうな攻撃は想定内、城内に多量の大石や礫を用意して待ち構えていたのです。そこに忠景の力攻め。

「本当に馬鹿な奴らめ、飛んで火にいる夏の虫とはこのことよ」

と、あざ笑っていたのでした。

誇り高い忠景は、面子もあり簡単には自説を曲げることなく、その策をよしとした景信もまた、この愚策を執拗に続けました。

結局、同様な失敗をその後八回も繰り返し、味方の死傷者の数が三百名を超えると、犠牲者を多く出した諸侯、特に景春、道灌、それに大石顕重《あきしげ》、大石隼人、長野左衛門尉らが忠景に対し、軍議にて公然と異議を唱えたことで、最初に道灌が話した策が取り入れられました。

この無謀な戦闘で、道灌は鍛え上げた自慢の足軽弓衆五人を失い、弓の達人に成長した足軽大将、日暮里玄蕃も負傷したのです。

道灌勢に無謀な作戦の出撃命令が出されたのは、初回の攻撃が失敗し壊滅した十日後のことでした。

この時の攻撃は初回から数えて四回目の出撃で、過去の失敗から道灌は城手の石火矢（大石を落とされる。）を頑丈な楯で防ぐことで、死人を出さないようにと考えました。

重い楯で身を守りながらの攻撃は容易ではありません。

道灌勢は楯を持つ三人に弓衆二人、漕ぎ手一人をつけ、六人一組で合計五組とし指揮は弓衆侍大将、日暮里玄蕃が行い出撃したのでした。

出撃に際し道灌は、玄蕃に「配下の弓衆十人を選び出し出撃せよ」と命じましたが、玄蕃は「自分に行かせてくだされ」と危険な出撃を志願したのでした。

「勝つ見込みなどなく、わざわざ死にに行くような戦いに配下を選び出すことはどうしてもできないと、玄蕃は自らを選んだのだろう」

道灌は、玄蕃の志願に胸の潰れる思いでした。

道灌の玄蕃隊は石火矢の猛烈な攻撃に耐えましたが、船が大石で大破、転覆し、半数が死亡。生き残った者も全員が負傷したのでした。

さらに犠牲者を出したのは上州一揆勢で、百人を超える死者を出しておりました。

上州や武州の一揆勢は景春を慕っており、景春としても黙って見過ごすことはできなかったのです。景春は軍議の席で忠景に対し、

「無謀な策に、これ以上配下は出せぬ。道灌殿の策を試されたらいかがか」

と、強硬に異論を唱えたのでした。


この無謀な策が終了し、道灌はさっそく敵方の食糧や武器などを船で送り届ける拠点、館林湖に繋ぐ水路岸にある篠崎という城手の拠点を抑えました。

また、諸侯が夜間、順番で城の船着きを湖上封鎖し、物資、食糧を運ぶ船を阻止したのでした。

五月に入り食糧が少なくなった城手の士気が急激に低下すると景信は、

「開城すれば命は取らぬ」

と、城手に呼び掛けたのです。

五月二十八日、城方の赤井信濃守がこれに応じ、惣代官として開城がなされました。

勝ちは勝ちましたが、この戦いで少なからず犠牲者を出した道灌と景春は、自前の兵を少ししか出さずに無謀な策を強行し続けた忠景に遺恨を持ち、忠景も景春と道灌に面子を潰されたとして、以後対立を深めるようになったのです。

この時、道灌にとって心配なことが起きました。

斎藤新左衛門安元が長きにわたる戦闘や行軍で体調を崩し、江戸に戻って療養してもらうことになったのです。

すでに安元も齢《よわい》五十五を過ぎ、無理はできない体であり、道灌は、「江戸まで、どうかご無事で」と祈るばかりでありました。

その後、江戸に戻った安元は、

「道灌様は、本当に立派になられた。わしなど軍師として、もはや必要あるまい」

と、隠居を申し出て道灌から許されたのです。

隠居の身となった安元は、その二年後に亡くなりました。

道灌の戦いは、さらに続きます。

館林の大袋城を落とした上杉勢は、再び忠景勢と景信勢の二手に分かれ、忠景勢は佐野氏の籠もる甲城（栃木県佐野市）に向かい攻め寄せましたが、ここを落とすことはできないでいました。

一方、道灌、景春がいる景信勢は北上し、成氏勢の守る河原田要害（栃木県栃木市）を落とし、成氏一味の小山《おやま》氏、小田氏の勢力地にまで迫りました。

ここですぐには攻め込まず、大軍を擁して威嚇、脅しながら調略を行ったのです。

すると小山氏と小田氏は景信の調略に応じ、さらに佐野氏も本領安堵を条件に上杉勢に転じることを約したのでした。

景信勢は小山勢を引き連れ忠景勢と合流し、最終目的地である公方成氏の古河御所を目指したのでした。

文明三年六月二十四日、小山持政《もちまさ》の道案内で成氏の古河御所に迫った景信勢は七千の大軍、迎え撃つ公方勢は千五百、兵力の差は歴然。敵わぬと見た成氏は、戦わずして千葉氏の亥鼻《いのはな》（千葉県千葉市）に逃げたのです。

これに対し景信は深追いすることはせず、

「此度の戦は古河御所まで落とせた大成果。良い冥土の土産ができたわい」

と、上機嫌で五十子陣に引き上げたのでした。

文明三年の上杉勢による大攻勢は、これまで公方成氏勢にやられっぱなしの上杉勢にとって久々の大勝利であり、管領執事長尾景信の大手柄であったのです。

道灌が赤見城で戦っている頃、道灌がいない江戸では、千葉康胤勢が押し寄せ、激しい攻撃を受けておりました。

かつて芝浦を治めていた千葉勢は増上寺門前を焼き払い、増上寺の伽藍の半分も、この時に灰になったのです。

すぐに江戸城から吉良勢と三浦勢が出撃し、特に弓馬に優れた三浦道寸《どうすん》の騎馬衆が千葉勢を追い払い、江戸城の城下である町場には千葉勢を入り込ませませんでした。

翌文明四年、長尾景信が苦労して手にした古河御所は、千葉勢の援護を受けた公方成氏勢に、いとも簡単に奪還されてしまいました。

管領執事人事の行方

文明五年六月二十三日、文明三年に大手柄を挙げた山内上杉家執事職、白井長尾景信が五十子陣で死去、六十一歳でした。

景信の嫡男景春はすぐに自分が執事職に就けるものとして、居所の鎌倉から五十子に向かい、父景信の葬儀を行いましたが、その時、「執事人事は今でなく後日」と、主君の上杉顕定に告げられたのです。

その後管領上杉顕定は、「執事職については兄の定昌《さだまさ》と宿老《しゅくろう》の寺尾入道礼春《らいしゅん》、海野佐渡守が主導して決める」と評定にて披露したのでした。

この時、亡くなった景信の弟の惣社長尾忠景《ただかげ》は、自分が管領執事職に就くため多数派工作を懸命に行っていたのです。

「長尾景信の息子、景春は乱暴者でうつけ者。執事職には向かないどころか、執事職を与えれば、いずれ主家を乗っ取るであろう」

などと、山内家の重臣、宿老、奉行衆にふれ回っていたのでした。

一方、上杉顕定と兄、定昌、上杉方宿老の寺尾礼春、海野は「執事は忠景」と、すでに決めており、理由付けを考えていたのです。

決め手となったのは、長尾景仲、景信と二代続いた執事職で白井長尾氏が強大な力を得て、主家を脅かす勢力となっていたことでした。

顕定は景春に執事職を与え、これ以上勢力を拡大して欲しくはなかったのです。

山内上杉家にとって、景仲、景信、景春と白井長尾氏の執事職が三代続くことは許されないことでした。

景春からは道灌に何度も、

「わしが執事職に就けないと、上州や武州の一揆勢が黙っていない。今より争いはひどくなる」

と、脅かしとも取れる手紙が届いており、道灌としても、

「景春殿が納得のいく解決策はないものか？　何とかしなくては」

と、頭を悩まし続けていたのでした。

そんな十一月二十四日、執事不在で守備手薄と見た公方成氏勢は、五十子陣を七千の大軍で急襲。扇谷上杉当主の政真が戦死、顕定と忠景は辛うじて逃げ延びましたが、五十子陣の半分がこの時に焼失したのです。

道灌も成氏勢の不穏な動きを古河にいるひいから聞いて、急ぎ軍勢をまとめて五十子に向け出陣しましたが、間に合わず成氏勢は立ち去ったあとでした。

道灌主君の扇谷上杉政真には子供がおらず、なるべく早く扇谷上杉家の跡取りを決めなくてはなりません。

道灌にとって、景春の心配をしている場合ではなくなったのです。

扇谷上杉家の後継ぎは、家宰である道真が主導し、宿老の三浦、大森、上田、三田、荻野らと協議して持朝の五男、定正《さだまさ》に決まり、家宰職も道真から道灌に移譲が決まったのです。

定正の決定に対しては、道灌には異論がありました。

「定正は大人の顔色を窺い、一見大人しく真面目に振る舞っているが、陰で弟や妹、配下の子供ら弱い者を平気でいじめるような男。しかし強い者にはしっぽを振る、このような者は誇りばかり高く、自分勝手で恩知らずが多い。したがって主家の器にあらず」

と、定正の幼い時を知る道灌は、父道真に指摘したのです。

「人間、誰にでも欠点はあるもの。多少元気な方が戦で活躍する」

とこの時、道真は道灌を押し切りました。

これには伏線があり、道灌と道真は、景春の執事職をめぐっても親子喧嘩の真っ最中であったのです。道灌が寺尾礼春や海野佐渡守に、「何とか景春を執事職にしてやってくれ」と手紙を出したことが道真に知れ、「他家への余計な干渉はするな。何様のつもりか」と、強く叱られたばかりだったのでした。

景春の件がなければ父道真も、息子の道灌の言葉に素直に耳を傾けたはずです。この後に起こる道灌や扇谷上杉家の運命に、この決定が大きく関わるとは、この時、道真も道灌も知る由もありませんでした。

文明六年八月、道灌が心配した通り、山内家当主上杉顕定は、惣社長尾忠景を執事職に就かせました。

これに景春はすぐに反発、五十子陣周辺の道路を塞ぐなどの敵対行為を行ったのです。文明六年十二月、道灌はこれを聞きつけ、寺尾礼春に書状を送り、「景春を武蔵国の守護代にしてはいかがか?」と提案しましたが、無視された挙句、父道真に、「お宅の息子はまた、他家への干渉をしてくる」と、告げ口したのでした。

そもそも執事職は、年貢や諸役、所領宛行の処理、軍事、警察権の行使、国衛機構の掌握、国人、一揆の競合など絶大な権限を持っていました。白井長尾氏にとって、この権限がなくなると、配下の国人や一揆の今の地位が危うくなることから、景春も配下、朋輩のために執事職を諦めるわけにはいかなかったのです。それは、白井長尾景仲が執事職にあった時、寺社が持つ広大な荘園を景仲は配下を引き連れ強訴に及び、領地を横領したのち配下である国人や一揆に分け与えたので、白井長尾氏は武州や上州の国人一揆たちに圧倒的な人気があったのでした。

小河会談

文明七年に入り道灌は、五十子陣に参陣するため、江戸城を出発し小河(埼玉県比企郡小川町）に立ち寄りました。

これを聞きつけた景春は、飯塚陣（埼玉県深谷市）の騎馬衆十数名で赤浜（埼玉県大里郡寄居町）を渡り小河にやって来て、

「道灌殿、五十子には参陣する必要はない。わしと共に顕定と忠景を討って成氏公に帰参しようではないか」と、誘ってきたのです。

「それはどういうことじゃ。景春殿」

「顕定も忠景も佞臣《ねいしん》じゃ。関東のためにならない」

「五十子陣に行くは主君の命ぞ。我らは武士ゆえ何があっても従わなくてはならぬ」

「主君といえど、顕定も典厩《てんきゅう》（上杉定昌）も忠景も皆、奸物《かんぶつ》、許せぬ奴らじゃ。我らから全てを奪うつもりでおる。わしには上州や武州の国人一揆たちを見殺しにはできないのじゃ。わしがやらなくとも彼らが黙っていないだろう」

「顕定様や典厩さまを侮ってはならぬ。彼らには越後がついておるのじゃぞ」

「道灌殿が我らと一緒になれば、必ずや顕定一味を葬ることができる。成氏公も一緒に戦おうと言ってくれている。是非一緒に戦おうではないか。お願い申す」

景春は道灌に向かい、手をついて深々と頭を下げました。

「頭をお上げくだされ景春殿。今わしは千葉家で下克上の大罪を犯した馬加康胤《まくわりやすたね》を罰している最中でござる。此度、自分がその下剋上を行えば、今までの大義は消え失せてしま

うではないか。景春殿、今が我慢のしどころじゃ。やがては浮かぶ瀬も出てこよう。ここで短気を起こしてはなりませぬ」

「道灌殿は、あの佞臣の忠景と顕定の治世で、良いと申されますか」

「わしも忠景殿や、顕定殿は好かぬが、治世は一人で行うものではないであろう。さすれば景春殿も力を合わせ良いものにしようではないか。ましてや、わしらは関東御静謐を誓った身でござる。壊すことより内から安寧の方向に仕向けようではないか。今、幕府に逆らえば、たとえ景春殿が勝利しても朝敵ぞ」

「朝敵など一時のもの。成氏公とて勝てば幕府や朝廷から許され朝賊の汚名も消えまする。世の中そんなものでござろう。わかってはもらえぬか道灌殿」

「青臭いことを言うが、わしは自分が思う正しきことを貫き通す所存でござる。立場により正義は変わるが、仏道を習い修行に身心を上げれば、自分の正義は自然に見えるもの。今、主君に背くは、わしの正義ではない。景春殿も仏道を学ばれ日々修行をされている身、何が正しきことか、正義が何たるか頭に浮かんでいることと思うが？」

「わしの正義は朋輩らの命と暮らしを守ることじゃ。それ以外ない。私利私欲で戦うつもりはない。今、主君が忠臣たちを抹殺しようとしていることが、正しきこととはどうしても思えぬ」

「朋輩のためというのは分からぬでもないが、それもまた利のためであろうよ」

「どうしても分かってはもらえぬか、道灌殿」

「わしは自分の信じた正しきことを貫くのみ。一緒に戦うことはできぬ」

景春による道灌の調略、小河会談はこうして不調に終わったのでした。

雲崗舜徳

道灌は、小河会談の後、五十子陣に参陣し、直接顕定に面会を求めました。顕定はこれを許し、面会が実現。この場で道灌は、「景春殿は本気で謀反を考えている」と警告したのです。

直後に顕定から告げ口された父道真は、道灌を呼び出し、

「何度言えば分かるのじゃ。他家への口出しは無用にせよと何度も言っておる」

と、叱りつけたのです。

顕定は、「道灌と景春は仲が良く、一緒に謀反を起こすのでは?」と、本気で心配していたのでした。

もちろん道灌は、謀反など頭の片隅にもないことで、関東御静謐をいかに成しえるかを本気で悩み、頭を整理するため帰依する曹洞宗、越生の龍穏寺五世の雲崗舜徳を江戸に招

き寄せました。

すでに道灌は、越生の龍穏寺を再興させ江戸城内に曹洞宗、吉祥寺を建立しておりました。

また、曹洞宗の寺では祝言寺が江戸城築城の決め手になった祝田《いわいだ》（皇居祝田橋付近）にありましたが、雲崗舜徳に江戸に居てもらうため愛宕山《あたごやま》、物見櫓の麓（東京都千代田区虎ノ門）に青松寺を、文明八年に建立したのでした。

青松寺の住持には、もちろん雲崗舜徳に就いてもらい、道灌は何時でも仏道の師と語らうことができるようになりました。

道灌は、この頃に抱えていた諸問題、特に景春の謀反の説得や顕定、忠景との付き合い方など、父道真との関わりを相談したのです。

相談するなり舜徳は、

「以前、父上から相談されておりました。息子（道灌）は幼い頃から親や他人が右と言うと左だと言う。その上、左であると大人を論破する。困った子供であったと」

「そんなことを父上が！」

「さよう、頭が良過ぎる子の将来を心配されておりました。その時はこう答えました。人と違う意見を持つことは悪いことばかりではありません。兵法では人と異なる策が良策となるであろうし、和歌の道であれば人と違った表現、書であれば人と違う作風になりましょうと。これに父上は、人を怒らせてはどうにもならぬ、と申されておられました」

「禅師様にお教えいただいた正しきこと、仏道を真摯に学び、心身あげて修行すれば自然に正しきことが見えると。この正しきことを説明しても、理解しようとせぬ者がおるのが困るのです」

「道灌殿が思う正しきことと、相手が考える正しきことが異なる場合もありましょう。世の中には、実にさまざまな考えを持った者がいるということです。そんな時、いかに行動するかという問題ですな」

「その通りです」

「相手の考えを変えようとは思いますな、道灌殿」

「では、どうしたら？」

「そう、相手の言うことを否定すれば反発する。そんな時は、一旦受け入れることが寛容。たとえ間違った考えでも、受け入れなされ。なあに簡単なこと。黙って相手の意見や考えを全て聞き、その相手の立場で考えてみれば分かってくることもある」

「一旦肯定する？」

「さよう、一旦は肯定しておき、相手の置かれている状況や役割など頭に入れながら考えたことを伝えることじゃ」

「なるほど」

「相手には地位も誇りもあり、朋輩や配下もいる。そんな立場で考えれば、おのずと答えも変わってくるやにしれませぬ」

「それでも上手くいかぬ時には？」

「相手の立場で考えた正しきことを、忍耐強く説き続けることしかないでありましょう」

「それで分かってくれればよいが」

「世の中、思い通りになることの方が少ない。相手の考えをどうしても変えられない時は、次善の策を弄するしかない。考えを変えるまでは至らぬが、皆、仏性を持つ者同士伝わることもあろう」

「良き勉強になり申した。心から礼を申します」


道灌は、師である雲崗舜徳の教えには反発したことは一度もなく、全て受け入れ、この時より生涯を通して寛容を大切にし、相手の立場でものを考えるようになったのでした。道灌の周りの者、智宗たち同朋衆や図書助、六郎らは、この変化に、「道灌様は四十にして丸く寛大になられた」と、その変わりように驚いたのでした。

この後道灌は、雲崗舜徳の教え通り、景春や顕定の立場で考えた自分の考えを、何度も手紙で伝えました。

白井城を退き鉢形城に籠もった景春には、粘り強く謀反の断念を迫りましたが、景春の考えを変えるには至りませんでした。五十子陣にいる顕定、忠景に対しても、景春の上野《こうずけ》国か武蔵国の守護代就任を懇願し続けましたが、これも果たせずに、結局、景春と顕定の確執を取り除くことはできなかったのです。

駿河出兵

文明八年二月、駿河守護である今川義忠が、遠江《とおとうみ》（静岡県浜松市付近）にて思わぬ戦死をしました。

家督は義忠の従兄弟である小鹿《おしか》今川範満《のりみつ》が継ぐことが以前から決まっておりましたが、後継ぎが決まった後に嫡子が生まれ、典型的なお家騒動に発展しておりました。嫡子は四歳の龍王丸（後の今川氏親）で、母親は幕府政所執事、伊勢貞親《さだちか》の姪で北川殿でした。北川殿は政治力、行動力に優れた女性で、「後継ぎは嫡子でなくてはならない」と、重臣、宿老を説得して回り、今川家の半数を味方にしたのです。

対する小鹿範満は、母方の扇谷上杉家に支援を要請。また烏帽子親の堀越公方も味方に加えて一歩も引かない情勢でありました。

堀越公方政知から、顕定に対しても支援の要請があり、顕定は、「景春と道灌を引き離す絶好の機会」と、道灌の主君扇谷上杉定正に「道灌に駿河お家騒動の鎮圧に向かってもらえ」と命じたのです。

文明八年三月、定正の命を受け、道灌は駿河八幡山城（静岡県静岡市）に向けて江戸城を出発しました。

途中、糟谷館《かすややかた》（神奈川県伊勢原市）で軍勢三百騎と足軽小者、千名を整え、六月になって足柄峠を越え堀越公方のもとに着きました。

ここで堀越公方執事の犬懸上杉政憲の軍勢三百騎、足軽小者、千五百名と合流し、三千を超える大軍で駿河国八幡山城に向かい、小鹿範満に加勢したのでした。

龍王丸を支援する有力武将たちは、この大軍に恐れおののき、北川殿の必死の説得もむなしく逃げ出してしまいました。

北川殿を支援する丸子三左衛門《まりこさんざえもん》は、居城の丸子城に四歳の龍王丸と北川殿をかくまい、抵抗のそぶりを見せておりました。

小鹿範満は道灌の意見を取り入れて丸子城を取り囲み、籠城する丸子三左衛門に、「血は流したくない。本領安堵するので開城せよ。北川殿と龍王丸の命も取らぬ」

と、降伏、開城を求めました。

我が子をどうしても今川の当主に就かせたい北川殿は、

「小鹿範満と太田道灌は、信用できぬ。甘い言葉で騙すつもりじゃ。開城すれば、皆殺しにあう」

と、一歩も引きません。

頑固な北川殿の説得に困り果てた丸子三左衛門は、一か月後、北川殿の父、伊勢貞国《さだくに》の知り合いで法永《ほうえい》長者と呼ばれた長谷川政宣《まさのぶ》に助けを求め、法永長者の小川城（静岡県焼津市）に龍王丸と北川殿を逃がし、直後に丸子城を開城したのです。

北川殿の予言に反し、道灌と小鹿範満は丸子三左衛門との約束を守り、本領安堵したのは言うまでもありません。

その後、範満は小川城を攻めることもなく、龍王丸と北川殿を付け狙うこともなかったのですが、かたくなな北川殿は小鹿範満と太田道灌を心底恨み、幕府申次衆《もうしつぎしゅう》であった弟の伊勢新九郎（後の北条早雲）に恨みの手紙を数多く出しますが憂さは晴らせず、恨みが募り「祟《たた》り神」になろうとしておりました。

文明八年九月、「駿河お家騒動」を収めた道灌は、堀越公方を御所に訪ね、顛末を報告しました。堀越公方はたいそう喜び、道灌や配下の将・兵士たちを盛大に慰労してくれました。

十月になって道灌は江戸城に戻り、駿河の顛末を手紙にしたため顕定に送りましたが、駿河出兵を命じた顕定、忠景からは、返事や慰労の言葉は何もなかったのでした。

道灌は、

「武将たるもの礼節が何より大切。命令を出した者が、その任務を終えた者に慰労の言葉を掛けるのが礼儀。何も言ってこないなど言語道断」

と、顕定と忠景に武将としての資質を疑い、再び不信の念を一層強くしたのでした。

ここで雲崗舜徳に言われたことを思い出し、道灌は、顕定や忠景の立場で考えようと努力しましたが、やはり二人の行動には納得はできなかったのです。

顕定と執事の忠景にとって、道灌がこんなにも早く駿河のお家騒動をまとめるとは想定外で、道灌が江戸に戻ったことで、景春と一緒に事を起こすかもしれないと警戒していたのでした。

長尾景春の乱

道灌と管領顕定との関係がぎくしゃくし、道灌が五十子陣に寄り付かないことを聞きつけた景春は、ついに動きます。

文明九年一月十八日未明、突如、景春は自慢の騎馬衆一千五百で五十子陣を襲ったのでした。

景春騎馬衆は、一騎当千の騎馬武者揃い。五十子陣を縦横無尽に突き進み、兵舎や櫓を焼き、崩壊させたのです。

山内上杉顕定と忠景は、戦わずして上野に逃げ出し、河内城（群馬県伊勢崎市）に暫定的な政府を作りました。扇谷上杉定正と道真は、細井（群馬県前橋市）に、越後上杉定昌は白井城に逃れたのでした。

道灌も景春の五十子陣襲撃を知り、

「ついに来たか。早まったことを」

と、予期していたこととはいえ、本当に残念であったのです。

景春には何度も、

「自重してくれ。戦は始めるのは易いが、終わらせるのは難しい」

と、話しておりました。

道灌の思いは景春に通じなかったのです。

道灌は、

「せめて主君定正や、父道真の命だけは救わなければならない」

と思い立ち、景春のところに禅僧の統訓《とうくん》と卜巌《ぼくげん》を使者として送り、

「逃げ出した父や主君の定正を追撃せぬようお頼み申す」

と、手紙で懇願したのです。

これに対して景春からも使者が遣わされ、道灌の元にやって来ました。

使者は道灌に、

「景春殿が、此度の五十子陣襲撃について道灌様のご意見を賜りたい」

と告げました。

景春としては三つの想定をしていたのです。


一つはこの後、道灌を味方につけて顕定、忠景を討ち、成氏公方のもと関東を仕切る。

もう一つは、道灌のとりなしで顕定と和解し、自分が執事職に就く。

残る一つは、道灌とも決別し、成氏公方と与して上杉勢を関東から駆逐する。


道灌は、景春の想定外のことを伝えました。それは、

「この先は、鉢形城を退城し、道志村の禅寺に蟄居した上で、自分がとりなすので顕定に許しを乞いなされ」

というものでした。そして道灌は、顕定にも同様に伝えたのです。

景春からは、「道灌の提示は全く話にならない」と返事があり、顕定からは、「景春とは

断交する」と言ってきたのでした。

道灌としては、「こうなるであろう」という結末に到り、相模国や武蔵国の扇谷上杉勢に戦支度を命じていたのでした。

困ったのは妻のことでした。

道灌の妻は景春の姉にあたり、これが「道灌と景春とが一緒に謀反を起こす」などと、あらぬ疑いをかけられるもとにもなっていたのです。

道灌は考えた末に妻を離縁し、富塚（横浜市戸塚区）の有徳人である澤部氏のところに預けたのでした。

一方、景春の与党を標榜する者たちが各地で蜂起し、大きく旗を掲げておりました。その数は上杉勢を二分する勢いで、成氏公方勢を合わせると関東の三分の二に達するものになり、顕定や忠景を慌てさせていたのです。

山内上杉家宿老では、下野国足利（栃木県足利市）の長尾房清《ふさきよ》、下総国葛西（千葉県葛西）の大石石見守《いわみのかみ》、武蔵国二宮（東京都あきる野市）の大石憲仲《のりなか》、山内上杉氏有力豪族では武蔵国の豊島氏、毛呂三河守《みかわのかみ》、相模国の本間氏、海老名氏、大森成頼《しげより》、上野国の長野為業《ためなり》、甲斐国の加藤氏らが景春の味方として名乗りを上げていたのでした。

道灌八面六臂の躍動

ここに至り顕定と忠景は、急に今まで軽んじていた道灌に手紙や使者を頻繁に送り、重用するようになっておりました。

顕定と忠景に今まで約束を反故にされている道灌は、今後の戦で調略に応じた景春一味の本領安堵を約する証文を顕定から予め受け取った上で、動き出したのです。

そして、自分のいる江戸城と、定正の河越城を結ぶ通路を塞いでいる豊島一族の練馬城と石神井《しゃくじい》城を、三月十四日に攻略しようと、軍勢催促状を相模国の扇谷上杉勢に出したのでした。

ところが攻城の前日、大雨で多摩川が増水して渡河できず、集合場所に相模勢が参集できない事態が発生したのです。

ここで道灌は、「練馬と石神井は後回しじゃ」と皆に告げ、河越城に上田入道と宅間能《よし》憲《のり》、それに弟の図書助、六郎、萬五郎の戦斧十人衆と鶴亀丸、日暮里玄蕃の足軽衆を派遣し、江戸城には三浦道含、吉良成高《しげたか》、大森実頼《さねより》、千葉自胤、上杉朝昌《ともまさ》らを入れ留守を任せ、自らは相模国で蜂起した越後五郎四郎の小磯《こいそ》城（神奈川県大磯町）、溝呂木《みぞろぎ》正重《まさしげ》の溝呂木城（神奈川県厚木市）、金子掃部助《かもんのすけ》の小沢城《こさわ》（神奈川県愛川町）を攻略するため大森氏頼の小田原勢と三浦道寸の三浦衆、それに道灌が自ら鍛えた糟屋衆を引き連れて出陣したのです。

文明九年三月十八日、道灌勢と三浦衆が溝呂木要害の近くまで兵を進めると、あまりに早い道灌勢の襲来に驚いた溝呂木正重は、溝呂木要害に火を放ち逃げ出しました。

同日、大森氏頼勢が小磯城を大軍で囲み矢を射掛けると、戦支度が不十分で寡兵でもあった越後五郎四郎は、とても敵わぬと見て降伏したのでした。

道灌勢は、その日のうちに金子掃部助の小沢城に向かい取り囲みました。

これほどに早い攻略の裏には、道灌の同朋衆である智宗たち修験者の活躍がありました。修験者たちは、この地の地形を知り尽くしており、城方から分からないように軍勢を人の通らない獣道などを使って先導し、敵に見つからずに城の近くまで移動することができたのです。

さすがに要害堅固である小沢城は、すぐに落ちそうもなく道灌は、兵糧攻めで攻略すると決め、ここを大森氏頼に任せ、三浦道寸勢と共に江戸城に引き返したのでした。

江古田原合戦

江戸城に戻った道灌は、地図を見ながら豊島泰経《やすつね》の石神井城と、弟の豊島泰明《やすあき》の練馬城を攻略する手立てを考えました。

以前、豊島氏の領地と江戸城の領域の境に、道灌は武蔵一宮《いちのみや》である氷川神社（埼玉県大宮市）より分霊を受け、多くの社を建てたり寄進したりしておりました。

まず道灌は、豊島氏攻略の第一歩として、これらの神社七か所を巡り、先勝祈願祭を執り行うと共に多額の寄進を行い、土地の有力者や百姓を味方にしたのです。

そもそも、何故道灌はこれほど氷川神社にこだわったのか。それは江戸城の築城の後に道灌は関東各地を修験者姿で歩き回り、地形や川の様子、特に渡河できる地点など調べておりました。

ある日のこと、武蔵一宮である氷川神社に詣でたのです。

道灌は、最愛の諜者である「ひい」が、実は氷川神社の禰宜の娘で、両親をはやり病で亡くし、知り合いの榛名山神楽師に引き取られ、巫女踊りを極めて呪力を得た話を聞いておりました。

ひいにゆかりのある氷川神社には、一度はお参りをしなければと考えていたのです。氷川神社の大鳥居を一歩入った時、いにしえの昔より無数の人々が、ここの神に祈りを捧げた聖地であると、道灌には、はっきりと感じ取れたのでした。

本殿の前に進むと、圧倒されるような神の存在を道灌は肌で感じ、ごく自然に深々と頭を垂れて参拝をしたのです。

そして、その姿を見ていた神官から氷川神社の由来を聞いたのでした。

「かつて、東日本を蝦夷《えみし》が支配していた時、この大宮の地には蝦夷（東日本）の神であるアラハバキ（アイヌ語で女陰）を祀る神社がありました。その後、関東に大和朝廷の勢力が及び、この神社は出雲大社の分霊を受けることになったのです。出雲大社は斐伊《ひい》川のほとりにあり、ここは斐伊川の神社、すなわち氷川神社と呼ばれるようになったのです。主祭神はスサノオノミコト、武の神でもあるのです」

「これは良いことを聞いた。氷川神社は武の神と女の神を祀り、斐伊川の神社（ひいの神社）だということか」

道灌はそう思い、以後、江戸城の鎮護のため豊島氏との境に多数の氷川神社を勧進したのです。

文明九年四月一日、道灌は、神明《しんめい》氷川神社、中野氷川神社、本郷《ほんごう》氷川神社（いずれも東京都中野区）の周辺を二日がかりで巡り、各神社にて戦勝祈願祭を執り行いました。

一日置いて四月四日から二日をかけ、新井天神社と沼袋氷川神社、江古田氷川神社、須賀稲荷社の周辺を詳しく調べ上げ、やはり各社で戦勝祈願祭を執り行ったのです。

四月七日、道灌は智宗ら四人と、危険を承知で豊島氏の勢力下にある豊玉《とよたま》氷川神社（東京都練馬区）周辺を巡り、豊玉社に多額の寄進を行いました。

この豊玉氷川神社は、以前、道灌の寄進により武蔵一宮である氷川神社から分霊されたところでした。

その帰り道、豊島泰経の斥候《せっこう》たちから、「お前ら、何者じゃ？」と呼び止められ、「捕まれば面倒なことになる。逃げるが勝ち」と、修験者姿の道灌と同朋衆五人は、一目散に逃げ出したのです。

道灌たちは林や草原を縫うように江古田川の方に逃げましたが、斥候たちもしつこく追いかけてきました。

ここで智宗が、

「我らここで、妙正寺川の方に敵を誘いますゆえ、道灌様は自性《じじょう》院にお逃げください。あとで追いつきますゆえ」

と、斥候たちを妙正寺川の方に誘導したのでした。

道灌は、江古田川をやっとのことで渡河し、自性院（東京都新宿）にたどり着きました。命拾いした道灌は、ここで智宗と一乗を待ったのです。

この自性院には黒猫が住みついており、智宗を待つ間、何故か黒猫は道灌になつき傍らで気持ち良さそうに寝ておりました。黒猫が寝ている間に道灌は、練馬城に攻め込む策を練り、ほぼ作戦ができ上がったのです。

「ここで黒猫を撫でていたら良い策が浮かんできた。幸運のまねき猫じゃ」

と住持に礼を言うと、

「よろしければ、この黒猫を江戸城にお持ちくださいませ。わしよりも道灌様になついておるようなので」

と、黒猫を授かったのでした。

道灌と住持が黒猫をめぐるやり取りをしていると、智宗と一乗が無事に自性院にたどり着きました。道灌は、

「これもまた自性院と黒猫のお陰じゃ」

と感謝し、ここで寄進と戦勝祈願祭を行い帰城したのでした。

四月十日、定正を助ける図書助と六郎たち川越衆は、道灌が授けた作戦で小机《こづくえ》城の矢野兵庫助勢を、勝呂原に誘き出し、鶴亀丸や日暮里玄蕃の足軽衆が待ち伏せて見事に撃破したのでした。

この大勝利は、すぐに江戸城にもたらされました。

「我らも勝ち運に乗ろうではないか」

と、道灌はすぐに江戸城を出陣したのです。

この日のうちに沼袋氷川神社に陣を張り、江古田原の待ち伏せ地点を選定するため、道灌は智宗たち同朋衆と三浦道寸や足軽大将たちを連れ現地を見て回りました。

江古田川と妙正寺川の合流するところには湿地が広がり、その少し上ったところに待ち伏せの地点を選定したのです。

ここは一面枯れススキの原っぱで、待ち伏せする足軽を隠すには最適。道灌はここの指揮を信頼する三浦道寸に託したのでした。

選定した待ち伏せ地点のススキ原に、一本道を挟え一町（約百メートル）にわたり羂索（ロープ）を二十本地面に仕掛け、追いかけてきた敵の騎馬衆を、馬もろとも転がし、両脇に隠れている槍衆で仕留めるというのが道灌の目論見でした。

それには身の隠し方や羂索を引く合図の仕方などを道寸に伝授し、実際の時刻と同じ夜明けに足軽兵を訓練して万全を期したのです。

もう一つの問題は、如何にして待ち伏せ地点に敵を誘い込むかでありました。

聴者からの話により、道灌は、石神井城の豊島泰経の性格を「弟思いであるが、短気ですぐ頭に血が上る」と判断。一方、練馬城の弟、豊島泰明の方は、「兄がいないと何もできない」と見た道灌は、先日の氷川神社の巡行で概ねの作戦を立てていたのです。

四月十三日、丑の刻（午前二時頃）、智宗ら同朋衆が先導し、道灌騎馬武者衆三十騎が練馬城に向け沼袋氷川神社を出陣しました。

この中には道灌と、三浦家では佐保田豊後守《ぶんごのかみ》、武和泉守《いずみのかみ》、宿老の上田入道、大森家の有力武将も含まれ、皆が一騎当千の精鋭たちでした。

道灌勢は、夜明け前に練馬城の北にある熊野権現堂に到着。練馬城の根古屋《ねごや》の家々に火を放ちました。しかし、熊野権現堂に火を放つことは、智宗たち修験者のたっての願いによっていたしませんでした。

この後、練馬城の城門に迫り、火矢を城門や城内に射掛け、大声で豊島泰明を挑発しますが一向に出てきません。兄の泰経から「道灌の挑発には絶対に乗るな！」と、釘を刺されていた弟の泰明は、兄が来るまで我慢に我慢を重ねていたのです。

この時すでに兄の石神井城には、弟の泰明から道灌勢の襲来の知らせがもたらされており、豊島泰経の騎馬衆百騎が練馬城に向け出陣しておりました。

その後も道灌勢は、城方が無抵抗の中、練馬城の南に移動して農家に火を放ち、挑発を繰り返していたのです。

練馬城の城門にたどり着いた兄、泰経騎馬衆を見て弟泰明は、

「待ちかねたぞ！　兄者！」

と大声を上げ、さっそく百騎の騎馬衆と共に城門の外に出て兄と合流したのです。

「兄者、相手はたったの三十騎にござるが、やりたい放題でご覧のありさま。すぐに追撃しなければ逃げられましょう。絶対に皆殺しにしてくれる」

と泰明は息巻き、兄は、

「よし、分かった。道灌勢を追い蹴散らすぞ！」

と、城の南で放火をしている道灌勢に向け出陣しました。

それを確認した道灌の間者が空に向け鏑矢《かぶらや》を放ち、豊島勢の出陣を道灌に知らせたのです。

「予測通りじゃ。皆を集合させせよ！」

と、道灌の声が飛び、合図の退き太鼓が叩かれ、道灌勢三十騎が集合しました。

「皆の衆！　打ち合わせた作戦通り江古田川に向かうぞ！」

と、夜が明け明るくなった江古田に通じる道を、道灌騎馬衆が一列になって江古田原の待ち伏せ地点に向け出発しました。

殿《しんがり》（最後尾）には追手からよく見えるように、わざと目立つように赤い幌《ほろ》を背負った武者を三騎配置していたのです。

逃げようとする道灌勢が見えた豊島泰経と弟の泰明の騎馬衆二百騎が、

「急げ！　逃がしてはならぬぞ！」

と、馬に鞭をくれながら迫って来ました。

「上手く、引っかかりましたな道灌殿」

上田入道が笑顔で話し掛けると、道灌は「うむ！」とだけ答え、これからが正念場だという顔つきで叫びました。

「皆の衆！　油断召されるな！」


練馬城から江古田原までは、約一里ほどの一本道。一旦上りで半里を過ぎると頂上となり、残り半里は下りとなります。

豊島泰経と泰明は頂上に来た時、

「道灌は知恵者と聞いたが、大馬鹿者じゃ。これは勝ったぞ！」

と、二人共が思いました。下りの先は江古田川と妙正寺川の合流するところ。ぬかるみが多く逃げるための渡河には困難なところであったのです。

追手は馬に鞭打ち間隔を詰め、ススキ野に入って道灌勢の幌武者に迫り、矢が届くところまで来たのでした。

その時、道灌の待ち伏せ衆は、息を止めて合図を待っていたのです。

合図をする三浦道寸の目の前を幌武者が通り過ぎた瞬間、合図の赤旗が道寸の大声と共に高々と上がり、「今だ！」とばかり、地面に仕掛けた綱索が思い切り張られたのでした。訳の分らぬまま、追手のほとんどが馬ごと前に投げ出され、転がりました。

今度は腰丈ほどある枯れススキの間から、ススキの枯葉を背負った足軽兵が槍を持って転がる追手に襲いかかってきたのです。

「しまった。待ち伏せじゃ！」

と泰明が叫んだ時、横腹に強烈な痛みが走り、見ると槍が腹を貫通しています。

後方でも次々と味方が道灌槍衆の餌食になっているのが分かりました。

最後方にいた泰経は、なんとか槍をかいくぐり逃げることができた四十騎と共に、這う這うの体で、来た道を引き返し石神井城に逃げたのでした。

豊島勢は、ほんの一瞬の戦闘で、泰明以下、赤塚氏、板橋氏らの重臣と二十の首が取られた上に、道灌勢は無傷という大敗を喫したのです。

江古田原の戦では足軽兵を失わず大勝利でしたが、道灌は気を緩めることなく、豊島勢の弔いの後、翌日には練馬城を取り囲みました。

四月十八日、城主のいない練馬城は降伏。次の日には石神井城も降伏したのでした。

降服の条件は三日後に開城することと決められておりましたが、豊島泰経は開城せず、残党を城に引き入れ、反攻を企てていたのです。

四月二十一日、偽りの降伏と判断した道灌は、石神井城の外曲輪《そとくるわ》を今度は力攻めで攻略。もはやこれまでと、豊島泰経は平塚城に逃げ出したのでした。

ちょうどこの日、相模国の小沢城も籠城に耐えられず落城しておりました。

凱旋の夜

江戸城に意気揚々と凱旋すると、多くの懐かしい顔が道灌を迎え、その中には鈴木道胤や宇田川清勝、木戸孝範、斎藤小四郎基行らがおりました。

この夜は盛大な戦勝の宴が開かれ、気分良く酔った道灌が寝所に戻ると、部屋には一人の女が待っていました。

「誰じゃ！　そなたは？」

「怪しいものではありません。基行の娘にございます。覚えておられないでしょうか？」

「覚えておるとも。大きく、それに美しくなられたのう。して何用じゃ？」

「父に言われ、夜伽《よとぎ》に参りました。」

「小四郎め、どういうつもりじゃ」

「私が頼んで連れてきていただいたのです。十年前の地震の夜からずっと、お慕い申しておりました。奥方様とお別れになられたと聞き、お寂しいかと存じ、今宵、夜伽に参上させていただいた次第です」

「本気なのか？」

道灌は、もともと男女和合は善であり神への奉納であると考えており、この時は基行の娘に恥をかかせたくなかったのです。

結局、基行の娘は、この後、道灌の正妻となったのでした。

用土原《ようどはら》合戦

文明九年五月、南武蔵国と相模国の景春与党をことごとく討ち破った道灌を、もはや軽視できなくなった管領上杉顕定と執事の長尾忠景は、道灌に五十子陣の再興を頼み、出陣を要請しました。

景春は、本拠鉢形城を出て、上州や武州の一揆勢と共に梅澤（埼玉県本庄市）に陣を敷いて河内城の顕定と対峙していました。

忠景は、上杉勢が北から、道灌勢は南から景春の梅澤陣を襲う計画でおりましたが、「梅澤陣は要害堅固で攻略は困難」との斥候たちの報告を聞き、道灌に使者を送りました。

忠景の使者は、道灌にこう伝えました。

「道灌殿に、景春を用土原（埼玉県本庄市）に誘き出してもらいたい」

もとより道灌は、「相手が籠城する城攻めでは味方の犠牲者が増える」と、相手を誘き出して野戦で勝負する策を考えていましたので、「承知」と、即座に使者に答えました。

五月十四日、道灌は、梅澤と鉢形城の中間にある用土原の次郎丸というところに陣を敷きました。すると景春は、鉢形城への道を塞がれたら大変と出陣してきたのです。

忠景勢も遅れて用土原に向かっており、道灌が先鋒となって景春勢と戦い、後詰めに忠景勢がやってくるというのが道灌の思惑でした。

用土原に近づいた景春騎馬衆の大軍に、弟六郎の騎馬衆五十騎が偶然を装い遭遇した後逃げ、用土原に逃げ込むと、案の定、景春勢の上州一揆の旗頭、長野為業が率いる百騎余りが追いかけてきました。これを待ち伏せていた図書助の戦斧十人衆と萬五郎の足軽衆が、馬もろとも騎馬武者を引き倒して襲いかかり、たちまち長野為業ら二十人を討ち取ったのです。

道灌勢が用土原で待ち伏せしていることを知った景春は、徒兵を先頭に立てて、用心深く散開して大軍を進めたのです。

道灌が待ち伏せしているところにも、上州や武州の一揆勢が迫りました。

馬廻り衆や同朋衆が道灌の周りを固めますが、腕に覚えのある道灌は、自ら上州一揆勢の前に躍り出て斬り掛かり、瞬く間に三人を葬りました。すると敵に、大将道灌がここにいると知れ、次から次へと新手が現れ、死に物狂いで斬り掛かってきたのです。

道灌は、刃こぼれした刀を捨て、同朋衆が渡してくれた槍で応戦。智宗たちも道灌を守ることで精いっぱいとなりました。そこに萬五郎らが駆けつけて自慢の戦斧をふるい、群がる敵を蹴散らしてくれたのでした。

景春はというと、遅れてきた忠景勢と交戦。ひとしきり闘った後、挟み撃ちされると見た景春は、退き太鼓を鳴らし鉢形城の手前、冨田（埼玉県本庄市）に逃げたのでした。景春が先に逃げたので、この勝負、忠景勢が勝ったのですが、死傷者は忠景勢の方が多かったのでした。

道灌たちは、死傷者の手当てや弔いの後、甘粕原《あまかすはら》（埼玉県美里町）に陣を敷いて、景春と対峙することになったのです。

このままでは不利と見た景春は、古河公方に援軍を要請。公方が大軍を引き連れ出陣したことで、今度は上杉勢が動き、白井城まで後退し、膠着状態となりました。

郵 便 は が き

料金受取人払郵便

新宿局承認

2524

差出有効期間
2025年3月
31日まで
(切手不要)

1 6 0-8 7 9 1

1 4 1

東京都新宿区新宿1－10－1

(株)文芸社

愛読者カード係 行

お名前《ふりがな》			明治 大正 昭和 平成	年生 歳
ご住所《ふりがな》	□□□-□□□□			性別 男・女
お電話番号	(書籍ご注文の際に必要です)	ご職業		
E-mail				
ご購読雑誌(複数可)		ご購読新聞	新聞	

最近読んでおもしろかった本や今後、とりあげてほしいテーマをお教えください。

ご自分の研究成果や経験、お考え等を出版してみたいというお気持ちはありますか。

ある　　ない　　内容・テーマ(　　　　　　　　　　)

現在完成した作品をお持ちですか。

ある　　ない　　ジャンル・原稿量(　　　　　　　　　　)

書　名				
お買上 書　店	都道 府県	市区 郡	書店名	書店
			ご購入日	年　月　日

本書をどこでお知りになりましたか?

1.書店店頭　2.知人にすすめられて　3.インターネット(サイト名　　)

4.DMハガキ　5.広告、記事を見て(新聞、雑誌名　　)

上の質問に関連して、ご購入の決め手となったのは?

1.タイトル　2.著者　3.内容　4.カバーデザイン　5.帯

その他ご自由にお書きください。

(　　)

本書についてのご意見、ご感想をお聞かせください。

①内容について

②カバー、タイトル、帯について

弊社Webサイトからもご意見、ご感想をお寄せいただけます。

ご協力ありがとうございました。

※お寄せいただいたご意見、ご感想は新聞広告等で匿名にて使わせていただくことがあります。

※お客様の個人情報は、小社からの連絡のみに使用します。社外に提供することは一切ありません。

■書籍のご注文は、お近くの書店または、ブックサービス(0120-29-9625)、セブンネットショッピング(http://7net.omni7.jp/)にお申し込み下さい。

中澤監物《けんもつ》

白井城に着いた道灌は、珍しく機嫌の悪い智宗に小言をもらいました。

「道灌様、打ち首覚悟にて申し上げたき儀がございます」

「それは、穏やかでないな。何なりと申せ」

「では、申し上げます。道灌様、大将という立場をわきまえてくだされ。我らが必死でお守りしている時に、敵の前にしゃしゃり出て闘うのは、どうかおやめくだされ。釈迦に説法でしょうが、大将というもの、後ろにてどっしりと構えられ、戦全体をご覧いただき、指示を出されるのがお役目かと存じます」

「分かった、分かった。智宗、あい、すまぬ。此度は勘弁してくれ。おぬしも、いつも申していているではないか。頭だけで考えても本当のことは分からぬと。武将たるもの、一回は命のやり取りをせねば、配下の気持ちなども分からぬでないか。前もって申せば許してくれたか？」

「戦では何が起こるか分かりません。敵の飛び道具にいつも狙われていることをお忘れなく。此度は過ぎたこととて、次回はなりませぬぞ」

「あい、分かった」

道灌は智宗にそう答えましたが、先日の命のやり取りで、近頃は寝不足になっていたのです。

白井城に入ってからも、道灌はなかなか寝付けない日々が続いておりました。

用土原にて自慢の足軽衆を百名近く失った反省もあり、くよくよ考えないように目を瞑っても、討ち取った武将の断末魔の光景などが突然目の前に浮かび上がり、なかなか寝付けなくなるのです。また、夜中に恐ろしい夢を見て、うなされることや飛び起きることなどもありました。昼間は気を張って元気そうにしておりましたが、智宗には主人の変化が分かっていたのです。

智宗は、図書助とも相談し、視察と称して赤城山や吾妻郡の山野で修行をされれば、くよくよ反省をしている間もなく疲れてぐっすり眠れるであろうと考え、道灌を山河大地の山岳修行に誘ったのでした。

赤城山や吾妻郡の山々を案内してくれる武将を探すと、吾妻郡中之条に住む地侍が白井城に在陣していることが分かり、さっそく智宗は図書助と共にその地侍、中澤監物に会いました。

すると中澤監物は、道灌とは足利学校の同期で顔見知りだと言うのです。

「道灌殿は首席で優秀でござったが、自分は成績も悪く目立たない生徒で、道灌殿は覚えてはおるまい」

と監物が言うので、道灌にそのことを話すと、

「中澤監物か、もちろん覚えておる。この白井にいるなら是非お会いしたい」

と、智宗に要望しました。

「道灌様が吾妻郡にて山河大地の修行をなさりたいので貴殿に道案内を頼みたい」

智宗がそう依頼すると、中澤監物は、

「喜んでお引き受け申します。何なら我が家にお泊まりいただき、そこから周辺の山を巡ればよろしかろう」と快諾しました。

こうして修行が始まりました。

夏の赤城山山麓は青々と木々が茂り、蝉やきりぎりすが鳴いて実に気持ちは良いのですが、蝉の声を上回る大声で「六根清浄」と皆で唱え歩くと、大量の汗が噴き出し、帰る頃には衣を絞ればしたたるほどでありました。

道灌は一日中、山の中を歩き回り、夕餉のあとは気持ちの良い疲れを肴にして、友の中澤監物と酒を酌み交わし、床に就くと死者の顔も浮かばずぐっすりと眠れました。

足利学校で学んだ儒学では、友が訪ねてきた時は必ず酒でもてなし、親しく酌み交わさなければならないと二人は学んでおりました。

今回、その勉学が生きたのです。

修行三日目は吾妻の山を歩き、いつものように酒を酌み交わしている時に突然、中澤監物は、道灌の正面に座り直し頭を床にすりつけました。

「本日は、道灌殿にお願いの儀があり、どうかお聞き届けくださいますようお願い申します」

「どうした、あらたまって。何なりと申せ」

「わしは、道灌殿を日本一の賢者、それに兵法者と思っております。今年の春からの連戦連勝のご活躍、誠にお見事。関東中に道灌殿のお名は知れ渡っておりまする。足利学校の同窓の者としては実に鼻が高い」

「そんなに持ち上げるな。お主とは友ではないか」

「いや、褒めているわけでなく、本当のことを申し上げておりまする。願いとは今宵、わしの娘を道灌殿の夜伽の相手にしていただきたいのです。我が家には娘はおるが、跡取りは未だいないのです。願わくば、跡取りは道灌殿の血筋であってほしい。監物一生の頼みでござる。伏してお願い申します」

「困ったのう、わしはよいが、娘ごはよいのか?」

「娘も妻も、すでに承知しておりまする」

中澤監物の娘は道灌と初めて会った三日前、その気品に一目惚れしていたのでした。

さらに、日々の挨拶や声掛けでみせる優しい気遣いに感激し、「この人に抱かれたい」

と、恋心が増していたのです。

そこに道灌に憧れ、血の繋がりが欲しい父から、

「道灌殿の夜伽の相手をしてくれ」と、頼まれたのです。

「分かりました」と、すぐに娘は答えていたのでした。

そんなやり取りを知る由もない道灌は、「一応、娘に確かめるゆえ、それからじゃ」と答え、娘が嫌なそぶりを見せたなら、「今夜は何もせずに夜伽は済ましたと、娘と口裏を合わそう」と考えておりました。

この夜、道灌と中澤監物の娘は、監物と娘の希望通り結ばれ、なんと娘は道灌の子を宿し、翌年、道灌の三男にあたる男子を生むことになったのでした。


道灌はこの後、白井城に戻り、用土原で亡くなった足軽衆と、自分が葬った武将への供養として朝の勤行を倍に増やし、寝付くために弓馬の術の修練を増やして体をいじめ抜いたのです。

赤城山の修行以来、次第に死者の顔や声が夢に現れることも少なくなり、道灌は元気を取り戻していました。

九月から公方成氏が、景春の援軍として北関東に軍勢を進めておりましたが、大規模な

態になりかけました。

十二月二十七日、両軍の大軍同士が広馬場《ひろばば》（群馬県前橋市）にて対峙し、一触即発の事態になりかけました。

対峙したまさにその日、大雪となり双方が退却。関東の一大危機は避けられたのでした。

そんな中道灌は、

「成氏公が朝敵の汚名を払拭するため、幕府との交渉を景春に任せているが、一向にまとまる気配がなく気を揉んでいる。これを和睦の条件とすれば成氏公は応じるのでは」

と顕定に進言し、一方成氏には、父道真が調整に動いており、すでに話がまとまっていたのでした。

文明十年一月一日、大規模な戦闘を避けたい顕定は、道灌の意見を取り入れ、公方成氏に和睦を申し込み、翌日、和睦が成立したのでした。

公方成氏との衝突を避けることができた顕定は、

「道灌は、上杉の救世主じゃ」

と言って、この和睦を大いに喜んだのでした。

しかし、この道灌による和睦が内外に知れると、これに不満を表す者が各地で蜂起したのです。道灌が対処を迫られたのは、上総国、千葉勢と武蔵国、豊島勢の蜂起で、特に河越城と江戸城の間を、平塚城（東京都北区）で再び遮断した豊島泰経を、黙って見過ごすわけにはいかなかったのです。

丸子部衆《まりこべ》

文明十年一月二十四日、道灌は、主君の扇谷上杉定正と共に河越城に帰還しました。

二人が帰還したことは平塚城の豊島泰経にも早馬にてもたらされ、泰経は丸子城（川崎市中原区）で蜂起した長尾越前守《えちぜんのかみ》と、小机城（横浜市港北区）の小机昌安《まさやす》、矢野兵庫助《ひょうごのすけ》に早馬で知らせました。

道灌は、

「自分が河越城に入ったことは、当然に豊島泰経の知るところ。主君定正が久しぶりに帰還したとあれば、四、五日は滞在するはず。道灌が平塚城に攻め寄せるには早くて六日はかかるはず」

そう豊島泰経が読むであろうと考え、

「その裏をかいて慌てさせてやろう」と、閃いたのです。

事実、平塚城の豊島泰経は、道灌が攻め寄せるのは早くとも六日前後と読み、一旦集めた兵士たちを根古屋（兵士の住居地）に帰しておりました。

丸子城の長尾越前守も同様なことを行っていたのでした。

豊島泰経の予想に反し、道灌は帰還した翌日の早朝には河越城を出陣。その日のうちに平塚城近くまで迫りました。

この知らせに驚いた豊島泰経は、戦うことを諦め、千葉孝胤《たかたね》の亥鼻城（千葉県千葉市）に逃げ去ったのでした。

労せずして平塚城を手に入れた道灌は、ここでもすぐに出陣し、次の日には多摩川を渡り丸子城に迫っていたのです。

夕方になり道灌勢が丸子城の西一里のところに来たところで、初めて長尾勢が気づき、丸子城に早馬を走らせました。

予期せぬ事態に慌てた丸子城の長尾越前守は、

「なんたることか！　豊島殿は道灌勢が来るのは早くとも六日はかかると申したはず」

と慌てふためき、平塚城の豊島泰経と同様に、戦わずして小机城に逃げることにしたのです。

ここで長尾越前守は、致命的な失態を犯してしまいました。

「丸子城が道灌の手に落ちるのなら燃やしてしまえ」

と、丸子城に火をかけたのです。

丸子城は日枝山王権現と大楽院の周りに防塁を築いた城で、これらを全て灰にしてしまったのでした。

ここに住む地元民は丸子部《まりこべ》と呼ばれ、奈良時代の律令制度の下で太宰府の指揮の元、壱岐、対馬、筑紫に配属され、防人《さきもり》として活躍した誇り高き海神族でありました。

丸子部は勇猛果敢で名を馳せ、心の拠り所として山王大権現を崇拝していたのです。

「山王大権現様に火をかけた長尾越前守は、たとえ主君であっても許せぬ！　もう決して従わぬ！」

と、長尾越前守の足軽や小者であった丸子部たちは、主君の命に逆らい、小机城について行かなかったのでした。

農民でありながら命知らずの優秀な兵士でもある丸子部を味方にしたい道灌は、

「長尾越前守が灰にした山王大権現を再興するため、わしが必ず寄進するゆえ、安心召されよ」

と、丸子部たち地元民に告げ、小机城に向かったのでした。

小机城の戦い

文明十年二月六日、道灌は、小机城の北東半里に位置する亀之甲山《かめのこうやま》（横浜市港北区）の頂上付近に陣を敷きました。ここからは富士山の方向に小机城が見渡せます。

北西が開けていることから、この時期凍えるような寒風が吹きすさぶ、この亀之甲山で勝機を窺うこととしたのです。

小机城には城主、小机昌安とその重臣、矢野兵庫助、ほかに丸子城の長尾越前守、豊島氏の残党、公方成氏勢などもおり、約五百名が守りを固めておりました。

対する道灌勢は、同じく五百名ほど。籠城戦を力攻めで押し切るには、城手の三倍の兵力が寄せ手には必要とされ、当然、何らかの策を弄《ろう》しないと勝てる見込みはありません。

籠城戦を決め込んだ小机昌安は、勝呂原で上杉定正と図書助の陽動作戦に、まんまとしてやられた苦い経験を持つ矢野兵庫助からの進言もあり、道灌が行った三回の根古屋を焼く陽動作戦に乗ることはなく、膠着状態が続きました。

道灌は、ここ小机での長期戦を覚悟して、武蔵国や相模国の寺社を巡り、各寺社に禁制を発布しました。

寺社としては、道灌勢の乱暴狼藉により大切な仏様や伽藍などを壊されたくないので、道灌の言いなりになって禁制に応じ、金銭や食糧を提供したのです。

禁制により資金や食糧を確保した道灌は、次に相模国、蒔田城（横浜市南区）の吉良氏や武蔵国、権現山城（横浜市神奈川区）の上田入道らの上杉方からさらに食糧の援助を受けるために、今度は頭を下げて回ったのでした。

道灌が忙しく歩き回っている頃、景春は小机城の後詰めに動きました。三月十日、景春騎馬衆が浅羽《あさば》（埼玉県坂戸市）に現れ、ここが扇谷上杉定正勢に迫られると、南下し二宮城（東京都あきる野市）に着陣したのです。

二宮城の城主は大石駿河守で、この時までは景春の与党でありました。この時、道灌の命を受けた僧侶や渋川義鏡の配下などが、大石駿河守の調略に動いている最中であったのです。同時に景春勢の動きを牽制するため、道灌は亀之甲山より弟の図書助と足軽衆の精鋭たちを河越城に派遣し、定正を支援したのでした。支援を受けた定正は二宮城に迫り、敵わぬと見た大石駿河守は、道灌の調略に応じたのです。

大石氏の寝返りを聞いた景春は、涙を流して悔しがり、仕方なく成田陣（千葉県成田市）まで後退したのでした。

三月十日、気を取り戻した景春は、千葉孝胤と共に羽生《はにゅう》城（埼玉県羽生市）に。再び小机城の後詰めに現れました。

ここでも対峙したのは定正と図書助、しばらくすると羽生城の城主である広田氏が公方成氏からの指示を受け、景春への協力を断り、「ここでも裏切られた」と、景春は泣く泣く本拠である鉢形城に逃げ帰ったのでした。

道灌は、こうした景春の一連の動きを小机城攻略に上手く利用しようと、ある計略を思いついたのでした。

その計略のため道灌は、ひいと神楽衆を急遽、古河から江戸の湯屋に呼び寄せたのです。同時に智宗配下の本山派修験者十名を三島権現に派遣し、お札をもらい受け、三島名物の江川酒《えがわざけ》を十樽購入させて、亀之甲山まで運ばせました。

ひいは、公方成氏が上杉方との和睦に応じてからこれといった仕事がなく、道灌の役に立ちたいと、うずうずしておりました。

道灌との待ちに待った再会は、江戸の湯屋になりました。

「久しいのう、ひい、元気であったか？」

「お陰様で元気に暮らしておりました。お殿様にお会いしたく、お声が掛かることを心待ちにしておりました」

「承知の通り、小机で苦戦しておる。どうしても兵を減らさずに小机を落とさねばならぬ。景春殿や千葉との大きな戦いが待っておるでのう」

「まこと、その通りにございます。関東御静謐は、これからが正念場。お殿様の兵を減らすわけにはいきません」

「そこでじゃ。わしはある策を思いついた。その策というのはこれこれしかじかじゃ」

「なるほど、それは名案にございます。是非、そのお役目、私にお任せいただきとうございます。必ずやり遂げてご覧に入れましょう」

「しかし、この役目は危険で、命を落とすやもしれぬぞ」

「何を申されます。この命、はなからお殿様に捧げておりまする」

「よろしく頼むぞ」

そう言うと、道灌は頭を下げました。

女の自分に頭を下げる道灌を見て、ひいは感激し、その場にひれ伏していました。

この夜、ひいは、一生分の幸せを道灌からもらい、

「もう死んでもよい」

と、本気で思ったのでした。


文明十年四月八日、小机付近では春蝉が「ギーギー」とうるさく鳴き始め、夏を思わせる陽気の中、ひいは華やかな小袖を身にまとい、神楽師と本山派修験者五人を連れて、亀之甲山から西に一里半のところに鎮座する、師岡《もろおか》熊野権現堂（横浜市港北区）に向かいました。

師岡熊野権現堂は、権現山という名の小高い山の中腹にあり、山の頂上には、ここを支配する師岡美濃守の要害が築かれておりました。

師岡熊野権現の別当寺は法華寺で、本山派修験者が別当を口説き、ひいたちは師岡美濃守に会うことが許されたのでした。

道灌の調べでは、「師岡美濃守は面倒見がよく、宴会好きであり、酒好き、女好き」と

のことでした。そこに美女と大量の酒が一緒にやって来たのです。師岡美濃守が会わないわけはありません。

「そちが榛名の巫女頭であるか。名は何という？」

と、師岡美濃守に聞かれ、土間にひれ伏していたひいは顔を上げ、

「榛名の神楽師、巫女頭のひいと申します」

と、答えました。

ひいを見た美濃守は、その美しさに思わず唾を呑み、

「これは美しい。わし好みだわい」

と、久しぶりに女の美貌に見とれておりました。

「して、頼みとは？」

「お殿様、三島から運ばせたこの駿河の銘酒、江川酒を買っていただきたく参上いたしました。実を申せば、この酒は亀之甲山の太田道灌殿より頼まれて運んだ代物です。しかし、太田道灌は、酒も踊りもいらないと申すのです。金も払わぬと言い、追い返され困っております る」

「それは難儀なことよのう」

「亀之甲山の陣中で聞いたところによれば、道灌勢は今日にも羽生に向け出陣し、亀之甲山は撤退するとのこと。それで酒は必要ないというのです」

「それは真《まこと》か？」

「一緒におります修験者が、確かにそう聞き及んだとのこと。真のことと存じます」

「撤退が真であれば、誠に目出度い。江川酒とやらを全部買って、小机の城に持ってゆくゆえ、安心せい。ただし金は、道灌が出ていってからじゃ。よいな」

「もちろん結構でございます。天の助けとは、お殿様のこと。噂に違わぬ器量の大きなお殿様、感服いたしました」

「上手いことを言いよる。今宵はそちたちの踊りを披露してくれ。楽しみにしておるぞ」

法華寺の隣にある師岡美濃守の館で宴が開かれ、神楽師の笛や鼓に合わせて、ひいは自慢の京踊りを披露し、踊り終わった後は美濃守の隣に座り、酒の酌をしたのです。

「今夜は、寝かせぬぞ。よいか、ひい」

「まあ、嬉しい！　頼もしいお殿様とご一緒できるなど夢のようにございます」

この夜、ひいは、精いっぱいの演技にて美濃守を喜ばせました。

早朝、二人の寝所《しんじょ》に使い番の大声が響きました。

「殿様！　一大事にございます！　大変にございます」

「なんだ！　騒々しい」

「道灌の軍勢がこちらに向かっておりまする。篠崎（篠崎城／横浜市港北区、新幹線駅前）は明け方に落ちたとのことでございます」

「分かった。すぐに弓持て！」

と、美濃守は大股で大広間に駆け込みました。

そこには十人ほどの重臣、宿老が深刻な顔をして師岡美濃守を待っていました。

「大変な事態となった。すぐに要害に行くぞ」

「先ずは戦支度をしませんと」

「道灌ども約四百は、足早に通り過ぎて行きました！」

などと美濃守が慌てている時、再び使い番が大広間の前庭に駆け込んできました。

「しばらくは様子を見ようでないか」

その後、一時《いっとき》が過ぎて、

「道灌に戻ってくるそぶりはないか？」

「すでに一里半ほどの鶴見あたりを北に向かっているとのこと」

「助かった。昨日の神楽師の言う通りになったわい。道灌め、景春様と戦うため羽生へ向かうつもりじゃな」


その頃、小机城の矢野兵庫助のかまり（忍び）たちが用心深く、道灌勢をつけておりました。

「道灌様の予想通り、小机城の手の者とおぼしき農夫が、我らをつけておりまする」

「智宗、そ奴らをすぐに捕まえよ」

「承知！」

と、智宗は後方に走り、ほどなくして捕らえられた農夫二人は、道灌の前に引き出されました。

「こ奴ら農夫に化けておりますが、篠原よりつけておる小机のかまりと思われます。すぐに首を刎ねましょう」

「まあ、待て、そなたたち名はなんと申す？」

「篠原村の六蔵と言いますだ」

「安助と申します」

「そなたたち、我らをつけておったな？」

「とんでもごぜえません。わしらその先の三池村に行くところでさあ」

「ずっとつけておったであろう。こ奴ら平気で嘘をつきます。騙されてはなりませんぞ、道灌様」

「何の用で三池に行く？」

「苗を分けてもらうのでさあ」

「よし！　分かった。こ奴らはかまりではない。目を見れば分かる」

「道灌様、騙されてはなりませんぞ。嘘をついているに決まっておりまする」

「わしの目が節穴と申すか」

「滅相もございません。お許しくださいい」

「そなたら、安心せい。よいか、ここで見聞きしたことは他言無用ぞ。誰にも言ってはならぬ。よいか」

「へへいー、逃がしてもらえるんで？　お殿様」

「そうじゃ。早く行け。気が変わるかもしれぬぞ」

こうして二人は一目散に逃げ去り、わざと道灌が逃がしたのを気づきもせず、「上手くごまかせたわい」などと二人とも機嫌よく、半時後には小机城に着いたのです。

さっそく嬉々として道灌の退却を告げ、道灌勢が「羽生に行く」と話していたことなどを事細かく、城主の小机昌安に報告したのでした。

道灌の退却が知れると小机城に明るさが戻り、一気に戦勝気分が高まりました。

間もなくして師岡美濃守が、華やかに着飾った五人の踊り子と江川酒を載せた荷車を連ねて小机城にやって来ました。

師岡美濃守は小机昌安に会うなり、

「やあ小机殿、ひとまず安心ですな。道灌勢は去ったようじゃ。ちょうど、旨いと評判の江川酒を手に入れたので持って参った」

「それはありがたい。わしの手の者によると、道灌め、景春様が暴れたため北に向かうそうじゃ」

「わしらもそう聞いておる。酒は売るほどある。皆で飲んでくれ」

「それは願ってもない。久しぶりに旨い酒が飲めそうじゃ」


主郭の広場にて、神楽師の演奏と艶やかなひいたちの京踊りが披露され、城手の守備兵たちには江川酒が配られました。

「今宵は、酒はいくらでもある。皆の衆、思う存分飲んでくれ」

と、小机昌安も上機嫌で宴を始めました。

ひいたちは、ひとしきり京踊りを舞うと、小机昌安や矢野兵庫助、師岡美濃守、その他重臣たちの酒の酌をして宴を盛り上げ、兵士たちは腰が抜けるほど酒を楽しんだのです。


その頃、道灌は、鶴見から海沿いを金川（神奈川）へと、武蔵国の東を大きく回り込み、小机城を見渡せる菅田《すげた》（横浜市神奈川区）という村の丘におりました。

ここには一本松（硯松《すずり》）がある以外は遮るものはなく、見晴らしが良いところで、かねてより小机城の攻城の起点にしようと道灌が考えていたところでした。

「ここからは小机城の明かりがよく見えまする。城手はたんまりと酒を飲んでいるようですな智宗がそう言うと道灌は、満足げに大きく頷きました。

「兵たちをしばらく寝かせてやってくれ。今日はよく歩いたからのう。出発は夜明け前の丑《うし》の刻じゃ」

文明十年四月十日、丑の刻、道灌が足軽新兵のために詠んだ狂歌、

「小机は まづ手習の はじめにて いろはにほへと ちりぢりにせん」

を皆で大合唱しながら出陣したのでした。

小机城に近づく頃には夜明けとなり、道灌は合唱を止めさせ、寄せ手を二手に分けました。搦《から》め手には道灌ら主力が向かい、大手には足軽新兵の弓衆が向かいました。

小机城の五百人ほどの城手はというと、久しぶりの酒にすっかり酔い潰れ、その場に寝込んでいます。見張り番は酒を飲まずにおりましたが、少人数な上、居眠りをするなど油断していたのでした。

このような中、ひいと一緒に小机城に入った修験者が動き出し、大手門のすぐ近くに陣取り、油を撒いておりました。

大手冠木《かぶき》門に近づいた道灌の足軽弓衆が一斉に門に向かって火矢を放つと、修験者たちが撒いた油に火がつき、見る間に大きな火柱になって燃え上がりました。

「敵襲！　敵襲！」

その大声を上げたのも、修験者たちでした。

城手の中で動けるものが大手門を守れと、主郭や二の郭、袖曲輪《そでくるわ》から駆け寄り、消火活動をしますが、火に油を注いだため火勢は衰えることなく消えません。

大きな火柱が上がるのを合図に、搦め手では槌《かけや》を持った道灌先鋒衆が門を壊してなだれ込んでいました。

搦め手の見張り番は三人だけ。為すすべもなく突破され、主郭に通じる尾根道を寄せ手主力の道灌勢が次々に攻め込みました。

最後尾の道灌は、尾根道の脇に身を潜めていたひいたちを見つけて安堵しました。

「よくやった！　ひい、ここからは我らの仕事。江戸に一足先に戻ってくれ」

道灌勢はほとんど抵抗を受けずに主郭に入りましたが、すでに、城手の小机昌安ほか矢野兵庫助は自害し果て、他の重臣たちは降伏したのです。

卯の刻、道灌は早くも検分を行っておりました。

降伏した者は、そのほとんどが道灌に従うと誓い、金川（横浜市神奈川区）の上田入道預かりとし、従わないとした数名は首を刎ね、自害した者と一緒に塚に埋め、ねんごろに弔いを行ったのでした。

味方の被害は、死傷者が三十五人ほど。大勝利といえる城攻めになったのです。

こうして四か月に及んだ小机城の籠城戦を大勝利で飾り、道灌の名声はさらに関東中に知れ渡ったのでした。

江戸に戻った道灌は、真っ先にひいを湯屋に訪ね、小机城での労をねぎらったのでした。

「礼を申すぞ。ひい、褒美を取らせたいが何なりと申せ」

「お役に立てて幸せにございます。道灌様の望みである関東御静謐は神仏の望みでもありましょう。神に仕える身にとって、お役に立ったことが何よりの褒美でございます」

「ひいの活躍で、味方の犠牲は少なく済んだのだ。わしの理不尽な命でひいたちを危険な目に遭わせ、女の誇りも傷ついたであろう」

「恐れながら、道灌様は勘違いなされております。我らは道灌様に命じられて、お役を務めたわけではございません。これは我らが自分で決めたこと。神の御意志でございます」

「分かった。分かった。わしの申したいことは、ひいたちに感謝しているということじゃ。それだけは分かってくれ」

「それはもう、十分に」

「久しぶりに湯に案内してくれるか」

二人は、最初に湯に入った時のように、愛し合ったのでした。

金山城と陣僧松陰《しょういん》

道灌には、まだやらねばならない大きな仕事、千葉孝胤の造反を鎮めることと、景春を退治することが待っておりました。

文明十年四月十四日、道灌は江戸城にて一日休んだだけで、景春方がいる相模国、奥三保に出陣。逃げる景春勢を追い甲斐国まで進軍しました。しかしながら景春は取り逃がし、決着はつかぬまま別府《べっぷ》（埼玉県熊谷市）に陣を敷いたのでした。

別府とは、名族成田氏（藤原氏）の一族、別府氏の館で、父道真の和歌仲間を通じ、味方となっておりました。

七月十八日、道灌は景春の鉢形城を攻略できたことで、ここには上杉顕定に入ってもらい、本拠とするように進言したのです。

次なる道灌の標的は、千葉孝胤の造反を鎮めることに定められました。

この頃、管領顕定と執事忠景は戦で兵を出してはくれず、道灌の戦力だけでは千葉孝胤勢に対抗できないと感じておりました。

ひいからも、次のような報告を受けていました。

「千葉殿は中小の山城を各地に築き、多くの戦士をすでに配置しており、道灌様の足軽衆を真似て、多くの弓衆や長槍衆を養成し、相当に手強い相手となっております」

そんな時、金山城主、岩松家純《いえずみ》から道灌に書状や進物が届けられたのです。道灌が別府陣に在陣しており、岩松家純の金山城が近いことから、家宰の横瀬国繁《くにしげ》が上杉方と親交を深めようと、道灌に贈り物をして金山城に招待したのでした。

道灌としても、これは渡りに船。千葉孝胤討伐に戦力増強が急務であったところから、多くの優秀な戦士を持つ岩松家純を味方につけるべく訪ねたのです。

道灌は江戸の鈴木道胤に手紙を送り、「魚の干し物、干しあわび、乾燥わかめなどの海産物と酒を荷駄二十頭に積んで、金山城に八月十六日に届けてほしい」と、土産の調達と運搬を頼んだのでした。

鈴木道胤は、道灌の頼みとあらば何としてもと、江戸中を老体に鞭打ち探し回り、注文の品を揃えて金山城に届けたのです。

八月十六日、道灌は、この土産が届く日に合わせ、金山城に岩松家純を訪ねたのでした。金山城、始まって以来の大量の土産に、岩松家純と家宰、横瀬国繁は驚き、中身が海産物と知れ、城中は歓喜したのでした。内陸にある山城の金山城では、海産物は何より貴重なものだったのです。

その歓喜の最中に、送り主の道灌が城に入ったので、城方皆がこぞって大歓迎をしてくれたのでした。

金山城の大手門で道灌を出迎えたのは家宰の横瀬国繁と陣僧の松陰でした。

この天空の名城の縄張り（設計図）を描いたのは松陰であり、道灌とは足利学校の同窓でもあり、道灌は築城の名手と聞く松陰に是非に会ってみたかったのです。

松陰もまた希代の名将太田道灌に関心を持ち、生い立ちから人柄、足利学校などで何を学んだのか、実際の戦に用いた作戦など、多くの人を使い細かく調べ上げていたのでした。

そのうちに関心が尊敬に変わり、その憧れの道灌と話をしてみたいと思っていたのです。

三日間の短い滞在でしたが、尊敬し合う二人はすぐに打ち解け、和歌の道や築城術、関東の政治情勢などを金山城西尾根の物見櫓で、坂東平野を眺めながら友として語り合ったのでした。

普段は人の話に興味がない道灌も、親友となった松陰が道灌を心から心配し、今後の課題などを的確に指摘してくれ、道灌も素晴らしい景色の中で聞き入ったのです。

「道灌殿は成功者の謙虚さを持っておられる。連戦連勝の武将は普通自慢ばかりしたがるもの。道灌殿の話には自慢がない」

と、松蔭が道灌を持ち上げると、

「わしは生れながらに恵まれておる。父道真は、わしを建長寺で学ばせてくれ、家には読みたい兵法書など書物もあった。周りに恵まれていただけじゃ」

と、道灌は謙虚に答えたのでした。

「恵まれた家に育った者は、道灌殿のように努力などしないもの。あなた様には努力できる才がございます。それに幾多の修羅場をくぐり抜けた者だけが持つ落ち着きが感じられます」

「そんなに褒めないでくだされ。松陰殿こそ、努力して獲得した知識を生かしておられる」

などと二人は褒め合って、良い関係をすぐに築いたのでした。

今後の道灌の課題について松陰は、

「景春殿との戦いは、道灌殿の活躍により、ほぼ勝負は決したのではなかろうか。今後、よほどのことがない限り、景春殿に勝ち目はないであろう。そんな中、管領顕定殿と執事の長尾忠景殿には気をつけなされよ。彼等は先のことを見据えて、自分たちの戦力は減らすことなく温存し、多くの戦いを道灌殿や扇谷勢に押しつけ戦力を削ごうとしている」

と、道灌が近頃感じている違和感をきっぱりと断じてくれたのです。また、

「成氏公や顕定殿、定正殿は、拙僧の見る限り自分のことしか考えていない御仁たち。はっきり言えば、三人は嘘つきで腹黒い。このような者たちは、戦においては正々堂々を好みたがる。それは配下に裏切られたくない猜疑心の現れ。それに引き換え道灌殿は、自分

のことはさて置き、関東御静謐のみ考えておられる。作戦は配下の犠牲者を少なくするため詭道《きどう》（裏をかくこと、騙すこと）を好む。今後は、十分に気をつけあれ。彼等は道灌殿も自分たちと同様の輩としか見ていない。すなわち、これ以上道灌殿が力をつければ、自分たちの敵として牙を剥いてくるであろう」

と、松蔭は言い切ったのでした。さらに、

「これはお耳に入れない方がよいかと迷いましたが、敢えてお話し申します。扇谷定正殿と道灌殿の弟図書助殿は、男色の仲と伺っております。定正殿は、最初こそ大人しく振る舞われておられたが、図書助様が補佐して戦に勝ち続けると、『自分には名将の才がある』などと、妙な自信が芽生えておりまする。道灌殿がおられなくとも千葉勢に討ち勝てると、勘違いしている節がございます」

などと、道灌が聞いていない身内の醜聞まで教えてくれたのでした。

他にも松蔭は、道灌が知りたかった築城術、石垣を用いた防塁施設や、下水処理の側溝などを詳《つまび》らかに説明しながら、天空の要塞を隅々に至るまで案内してくれたのです。

城主岩松家純と家宰の横瀬国繁はというと、実城《み》（主郭）で道灌のために連日、宴や連歌会を開いて、最大限の歓待をしてくれました。二人は道灌同様、仏道修行や歌道もたしなむ文武両道の将で、やはり松陰同様に両道の達人、道灌に憧れを抱いていたのです。

道灌が、今回の訪問の目的である千葉氏討伐の支援を二人に要請すると、即座に二百騎という大軍の派遣を約束してくれたのでした。

道灌が金山城を離れる時、横瀬国繁と松陰は麓の太田口まで、わざわざ足を運び見送ってくれ、配下の者、十騎を別府陣までの警護に付ける心配りを見せてくれたのでした。


主家を裏切った下剋上の逆賊であり、景春一味の千葉孝胤討伐では、道灌は絶対に負けが許されないと覚悟しておりました。

仕掛ける側の戦力は、待ち受ける側より倍の軍勢が必要と言われ、今回、仕掛ける側の道灌勢は、待ち受ける千葉勢よりも多くなくてはならないのです。

別府陣に戻った道灌は次の日、一旦江戸城に戻りました。この時、道灌は、江戸城内に日枝山王権現堂を建立し、その落成のために戻ったのでした。

これに並行して焼けた丸子城の丸子山王権現堂に、約束通り多額の寄進を行い再興させたのでした。恩義に感じた丸子部たち五十人が道灌の読み通り、配下になりたいと申し出て来てくれたのです。この丸子部を、弟太田六郎の配下として、千葉孝胤討伐に用いようと道灌は考えておりました。

命知らずの丸子部たちは、江戸城内の山王権現堂が完成すると、梅林坂下の修練場で六郎との連携を学ぶためにやって来てくれました。

もちろん丸子部たちは、弓や槍術に優れたものを持っていましたが、六郎たちと連携を深めることや、道灌足軽勢が学んだように旗と太鼓で指示通りに動く修練を続けたのです。

この他、相模国の若き最強戦士である三浦道寸勢三十騎も加わり、数の上だけでなく質の面でも千葉孝胤討伐の戦力が整いつつありました。

遠方への出陣で主な心配は食糧の確保でしたが、道灌馬廻り勢や三浦道寸勢、丸子部衆は、松食で飢えをしのぐことができるので、戦地の農民に迷惑をかける苅田をせずに済むことも、道灌にとって安心感があったのでした。

前ケ崎城と境根原《さかいねはら》合戦

文明十年十一月、こうして陣容が整った道灌に、公方成氏より千葉孝胤討伐の御内書（命令書）が下され、この大義名分を得て、いよいよ最大の敵との戦いに臨むことになりました。

十年ほど前、道灌は千葉氏の領内を修験者姿で何度も歩き回り、地形を細かい部分まで把握しており、今回、その時の記憶をもとに作戦を練った上で戦を仕掛けるのです。

道灌にとって幸先の良いことに、千葉孝胤の家臣、高城氏配下の戸張《とばり》城主、戸張彦三郎と前ケ崎城主、田嶋刑部《ぎょうぶ》が道灌の調略に応じ、千葉孝胤勢から離反してくれました。

これを作戦に利用しない手はありません。

田嶋刑部の前ケ崎城（千葉県流山市）を、裏切り者として高城氏が囲む準備をすると、籠城戦の援軍として川越にいた弟の六郎と戦斧十人衆、それに日暮里玄蕃の足軽弓衆四百名を派遣したのです。

戸張彦三郎の軍勢にも前ケ崎城に入ってもらい、道灌勢たちは十日間かけ、ここの防塁を強固なものにしたのでした。

道灌の援軍はこの後二手に分かれ、日暮里玄蕃の足軽弓衆三百名は、二里ほど西の手賀沼にある根戸（千葉県我孫子市）という高台で隠れるように陣を張り、六郎と戦斧十人衆、足軽弓衆百名は前ケ崎城に残ったのでした。

この日暮里玄蕃の根戸への移動と、陣張りが、今回の作戦の肝でした。千葉孝胤の物見たちに隠れて、夜明け前の暗い間に前ケ崎城から根戸への移動を行ったのです。

道灌は、物見に気づかれた時のため、智宗配下の修験者、道智と慈覚を前ケ崎城に送り、六郎と協力して見つけて捕まえさせようとしましたが、高城勢の物見は姿を見せず杞憂に終わりました。

次の日の午前、評定が開かれ、六郎と戸張彦三郎、田嶋刑部が初めて話す機会を得ました。

「太田六郎殿と一緒に戦える日が、まさか来るとは誠に光栄に存じます」

と戸張彦三郎が言えば、

「太田六郎殿のご活躍は坂東中に轟いておりまする。我らお目にかかれるとは幸せに存じます」

田嶋刑部が六郎を持ち上げました。

「わしこそ戸張殿、田嶋殿と、此度ご一緒できて嬉しゅうござる」

六郎は照れながら挨拶を交わしました。

「此度の千葉孝胤殿の反旗は、単に『千葉介《ちばのすけ》』でなくなることが我慢できないだけのこと。私欲のために我らを巻き込むとは、不届き至極と言わざるを得ない。どう思われます六郎殿？」

「我らには、成氏公の千葉孝胤討伐の御旗がございます。兄道灌がこの地に来るまで、守り抜きましょうぞ」

この後、評定にて六郎は西側の外曲輪、戸張彦三郎は二の曲輪、田嶋刑部が前ケ崎実城を受け持つことが決められ、三人がそれぞれの役所を守り抜くと誓ったのでした。

十二月四日になると、近くの小金城や周辺の諸城から高城氏の豪族らが集まり、前ケ崎城に続々と押し寄せ、その数六百を超えました。

寄せ手の大将は、高城氏の当主高城越前守で、前ケ崎城に籠もる城手の人数を物見の報告から六百以上であると思っており、すぐには仕掛けず、盛んに様子を窺っておりました。

次の日は、少人数で一番比高のない外曲輪に押しかけ、矢を打ち込んでは下がるということを繰り返し、夕方に大量の矢弾の雨の援護を受け、寄せ手五十人ほどが外曲輪に取り付きましたが、六郎勢の石火矢で十人が負傷させられると引き下がってしまいました。

三日目、千葉孝胤の本隊が加わったことで、寄せ手は三倍の戦力となり、何やら騒がしくなってきました。

これを見て城手は、外曲輪の六郎のもとに田嶋刑部と戸張彦三郎がやって来て、緊急の軍議を行いました。

「いよいよ孝胤勢が押し寄せて参った。気をつけなされ六郎殿。孝胤勢には香取《かとり》の弓四人衆がおります」

「香取の弓四人衆とな？　その弓衆は、そんなに強いのでござるか？　刑部殿」

「この辺の武将は皆、香取神宮にお参りしておりまする。香取の神は戦いの神、経津主《ふつぬしの》大神《おおがみ》をお祀りしておるのです。その香取神宮では星鎮祭《ほしづめさい》を四人の弓名人が執り行うのが恒例。その弓名人を孝胤は召し抱えたと。何しろ飛んでいる鴨を射ち落とすほどの名人たちと聞いておりおります」

「なるほど、そ奴ら四人を近づけなければよいのですな」

「彼等は一町先から狙ってきよる」

「やっかいな連中ですな。連盾をしっかり閉めて防ぐしかありますまい。いよいよの時は、この低い外曲輪を諦め、実城に行かせてもらいます。何しろ道灌様が来るまで、後一日の辛抱、守り抜きますぞ！」

「分かっておりますす六郎殿。外曲輪が危なくなったら、実城に避難なさってくだされ」

十二月七日、孝胤勢が外曲輪の防塁より高い移動櫓を組み立てているのが、外曲輪の見張り櫓からよく見えました。

「これはまずいぞ。あの移動櫓より高い実城に行くしかあるまい」

と、外曲輪の六郎と二の曲輪の戸張彦三郎は、持ち場の役所を破棄して実城に移ったのでした。

実城は北、東、南側が沼沢地に囲まれ、西方向には外曲輪、二の曲輪があり、南西もぬかるんだ低い土地のため、寄せ手は唯一、北西にしか移動櫓を持ち込むことができなかったのでした。

北西には虎口《こぐち》（出入口）などはなく、寄せ手は急斜面を上るしかありません。

ここに城手は戸張彦三郎を置き、南西の虎口は六郎が、東の大手は田嶋刑部の役所と決められました。

寄せ手は先ずは南西の虎口、六郎の役所を攻め立てようと、大軍で押し寄せ力攻めを仕掛けました。

この南西に向いた虎口は、一見攻めやすそうに見えるのです。

手薄な虎口の門が突破され、枡形《ますがた》（石垣で囲まれた方形の空間）の上り口に五十人ほどの寄せ手が次々と押し寄せますが、先日の改修で城に上がる階段は削り取られ、行き止まりとなっていました。

これを知らずに枡形に入った寄せ手は、六郎自慢の丸子部衆が繰り出す頭上からの石火矢をまともに受け、あっと言う間に全滅したのです。

その後ろから攻め込もうとする寄せ手も、次々に石火矢に頭を打ち砕かれ、枡形の行き止まりは死体の山と化しました。

辛うじて逃げ出した寄せ手が侍大将に知らせたらしく、南西の虎口に近づく者はいなくなり、遠巻きに様子を見るだけとなりました。

北西はというと、ここに寄せた移動櫓の上には香取の弓四人衆が陣取り、城手の石火矢衆に狙いを定めて狙撃を繰り返し、実城に上がる急斜面に取りついた寄せ手の援護をしておりました。

四半時足らずの移動櫓からの狙い撃ちで、城手の石火矢衆の半数以上が狙い撃ちされ、先頭に立って指揮を執っていた戸張彦三郎も矢が足に命中し動けなくなったため、六郎と田嶋刑部に助けを求めたのです。

二人が駆け寄ると、戸張彦三郎はすでに虫の息。この役所は六郎が守ることになり、田嶋刑部が六郎のいた南西の虎口を守ることになりました。

六郎が合図をすると丸子部たちは、北西の役所にすぐに集まりました。

連盾で弓衆の矢を避けながらの石火矢落としでは、寄せ手になかなか命中せず、弓矢に倒れる者が出て、石火矢が黙ると急斜面の寄せ手が頂上付近まで上がって来ました。

「乗らせてなるものか！」

と、六郎の戦斧が寄せ手を押し戻しますが、戦斧十人衆の鶴亀丸ともう一人が寄せ手移動櫓の矢を受け負傷したのです。

「あの櫓を何とかしなくては、城がもたない」

「田嶋殿のもとに行き、かぎ爪のついた羂索を借りて参れ！」

と、六郎が丸子部衆に命じました。

「よいか！　わしはあの櫓を引き倒す。十人衆はわしと共に参れ。丸子部衆はできるだけ援護をしてくれ」

と六郎が話している間にも、丸子部衆は六郎の話を聞きながら飛び交う矢をものともせず、石火矢を寄せ手に浴びせておりました。

「何をなされるのです！」

と、羂索を持ってきた田嶋刑部が六郎に叫びました。田嶋刑部には六郎のやろうとしていることは分かっていましたが、敢えて尋ねたのです。

「あの櫓がまこと邪魔。このかぎ爪で櫓を引き倒してご覧に入れまする」

「斜面には寄せ手が、うようよおりますぞ。いかに六郎殿とて自殺するようなもの。生きては戻れますまい」

「はなから命など要らぬと決めております。それに、あの櫓を黙らせなければ、ここが落ちるのは必定。やらせてくだされ刑部殿」

「噂に違わぬ勇者ですな。もう何も申すまい。ただし、必ずや戻ってくだされよ」

「分かり申した。皆の衆！　ついてまいれ！」

と、声を掛ける必要もないほどに、足に矢を受けた鶴亀丸さえも「うりゃー」という雄叫びを上げ斜面を駆け下りて行ったのです。

斜面に取りついていた千葉方の寄せ手は、十人衆の鬼気迫る勢いに押され逃げ出す者が続出。六郎たちは移動櫓に羂索のかぎ爪が届くところまで来ました。

足を引きずっている鶴亀丸の得物は戦斧ではなく、弓を持って斜面中腹におりました。

「この日のために毎日修錬してきたのだ。絶対に四人衆に当てて六郎様をお守りする」

そう心に誓った鶴亀丸は、櫓の上から身を乗り出して六郎たちを狙っている四人衆の一人に狙いを定め、息を整え、これ以上ないほど集中して矢を放ちました。

「残念！　外したか」

と、次の矢を引き絞って矢の軌道を思い描くと、四人衆が自分を狙っているのが見えました。

「よし！　狙ってみよ！　四人衆！」

鶴亀丸は、自分が囮《おとり》となっているのが嬉しかったのでした。

四人衆の矢が放たれ、鶴亀丸に次々と突き刺さりましたが、何故か痛みを感じることなく、鶴亀丸は二本目を放ったのです。

「これも外したか」

と思った時、移動櫓が倒れていきました。

「少しはお役に立てた」

と安堵した時、首に刺さった矢が鶴亀丸の意識を奪ったのでした。

この時、かぎ爪を移動櫓の上段にかけた六郎が、三人がかりで移動櫓を引き倒していたのです。

「やった！」

と思った途端、六郎のわき腹に強い痛みが走りました。

振り向くと寄せ手の槍衆に取り囲まれ、すでに他の十人衆は槍を突き立てられておりました。

道灌はちょうどこの時、江戸川の渡河準備の最中でした。

「間に合わなかったか！　すまぬ六郎！」

六郎の薄れゆく命の叫びを、道灌は「虫の知らせ」として確かに聞いたのです。

十二月八日、この日道灌は、多数の船橋を架け江戸川を渡り、国府台《こうのだい》（千葉県市川市）に陣を敷きました。

六郎が前ケ崎城で千葉孝胤勢を全て引き付けてくれたお陰で、無防備な渡河を千葉孝胤勢に邪魔されることなく対岸にたどり着けたのでした。

渡河できた道灌は、前ケ崎城に向かい、「六郎のお陰じゃ。成仏してくれ」と、同朋衆たちと「大悲呪《だいひじゅ》」などを唱和し、六郎や亡くなった味方を弔いました。

一方前ケ崎城では、移動櫓を倒されたことが響き、孝胤勢は北西から攻撃を続けましたが、落城とはなりませんでした。

そして、この日にもたらされた、「道灌の大軍が江戸川を渡り、国府台に陣を敷いた」との知らせに千葉孝胤はいきり立ち、高城越前守を叱り飛ばしました。

「越前！　江戸川に物見を置いていなかったのか！　こんなところで謀り勢《たばかぜい》などと遊んでなどいられぬ。すぐに境根原（千葉県柏市）に陣を敷き、道灌を待ち受けるぞ」

と、ここ前ケ崎城に高城越前守の三百名ほどを残し、その日のうちに孝胤本隊は境根原に向かったのでした。

孝胤は臼井《うすい》城主の臼井俊胤《としたね》を境根原に呼び寄せ、重臣の木内胤敬《たねたか》、原景弘《かげひろ》、円城寺図書助など、今持てる最強の布陣で道灌を迎え撃つつもりでした。

十二月十日、前日の雨は上がりましたが、空はどんよりし、「ナライ（北東風）」の風が強く吹く寒い日、道灌はこの日に敢えて出陣したのです。

「今日、不利なこの風では道灌は動くまい」

と思っていた孝胤は、「道灌出陣！」の知らせに、小躍りして喜びました。

「馬鹿な奴らじゃ。この丘と風が、我らの強い味方となってくれる」

この付近では一番高いところに陣を敷いた孝胤は、風下から近づく道灌勢に勝利を確信し、鶴翼《かくよく》の陣形を保ち待ち受けたのでした。

「道灌勢、左翼南西から来ます」

「勝ったぞ。我らの一番有利な方向から寄せてきよった」

と孝胤が言うと、

「右翼の者どもも左翼に回し、道灌勢の魚鱗《ぎょりん》の陣形に備えよ」

と、軍師の原胤則が指示を出しました。

この圧倒的に不利な方向からの攻撃こそが、道灌の策略だったのです。

この時、手賀沼の根戸に隠れていた日暮里玄蕃の弓衆が、境根原の北東、つまり孝胤勢の左翼後方に音もなく近づいていたのでした。

孝胤勢の関心は南西から襲来する道灌の大軍のことばかり。背後には物見を置いていませんでした。

道灌勢が魚鱗の陣形を取り、まさに突きかかって走り出した瞬間、千葉孝胤弓衆は、射程までの距離を測る侍大将からの合図を今や遅しと待っていました。

弓を引いて待ち受ける左翼千葉弓衆たちに、空を黒くするほどの矢弾の雨が、突然、背後から降り注いだのです。

何が起こったのか分からぬうちに、第二弾、第三弾が降り注ぎ、孝胤勢は大混乱に陥りました。孝胤弓衆も、背後の見えぬ敵に向かって反撃の矢を放ちますが、風が逆で全く届きません。

大混乱の中にいる孝胤勢に、今度は、道灌勢の大軍が前面から襲ったのでした。

「役所を離れるな！　その場を死守せよ！」

などと千葉孝胤の侍大将たちが叫びましたが、一旦大混乱を呈した陣形が元に戻れるはずもなく、道灌勢に散々に蹴散らされたのでした。

何が起こったか分からぬまま本陣にいた千葉孝胤は、臼井俊胤の促しで臼井城に逃げるのがやっとでありました。この境根原の戦いで、千葉孝胤勢は半分の兵士、五百人ほどを失い、大敗北となったのです。

大勝利に沸く中、六郎を亡くした道灌は、心が晴れぬまま二日間かけて検分を行い、境根原に二十以上の塚を築き、夥《おびただ》しい数の孝胤勢の死者を弔いました。

戦いに参加して大勝利に酔いしれる三浦道寸、千葉自胤らを横目に見ながら、一人浮かぬ表情の武将がおりました。扇谷上杉定正です。道灌の地形や風の読み、相手を欺く見事な采配に触れ、道灌が恐ろしく思えたのでした。

自分も道灌には負けぬ才覚があると思っていた定正は、「敵わない。道灌、恐るべし」と感じたのです。

道灌はというと、臼井城に逃げた千葉孝胤を追う前に前ケ崎城に出向き、弟の六郎と十人衆、それに丸子部衆の犠牲者たちを、ねんごろに弔ったのでした。

上総臼井城の戦い

文明十一年一月十四日、千葉孝胤討伐の戦いは、いよいよ最終局面を迎えておりました。道灌勢は、臼井城に押しかけ、周辺の中小の砦も含め兵糧攻めを開始したのでした。

印旛沼《いんばぬま》に主郭が浮かぶ臼井城は、難攻不落の堅城です。

また、臼井城主郭の周囲は深く堀が掘られ、印旛沼に面したところは五間（約九メートル）近くある断崖絶壁になっており、水上からの上陸、攻撃は不可能でありました。

道灌は、いつものように根古屋を焼き払う陽動作戦を仕掛けますが、道灌得意の陽動作戦は世に知れ渡っており、城手は全く動こうとはしませんでした。

ここで道灌は、力攻めには兵力が足りぬと管領顕定に援軍を何回も要請しますが、「此方も手いっぱいである」と断られ続けておりました。

道灌の次の手は、一旦、不平の多い定正勢には川越に帰陣してもらい、残った軍勢を二手に分け、一つは千葉自胤を大将とし、副将に図書助を付けて、臼井城の包囲攻城を続けさせました。

二手に分けたもう一つは、道灌勢自慢の足軽衆に岩松勢と三浦衆、それに丸子部衆の八百の軍勢を道灌自身が率いて南下しました。

千葉孝胤与党である武田清嗣《きよつぐ》の真里谷《まりやつ》城（千葉県木更津市）を目指したのです。

道灌は一か月ほど真里谷城を包囲した後、

「頑強に抵抗しないのは、武田清嗣は条件次第で調略に応じるのでは？」と考え、

「我らに降伏し、以後、千葉自胤に帰服すれば、本領安堵を約束する」

との条件を提示すると、武田清嗣はすんなりと降伏したのでした。

その後、道灌は東に向かい、上総国、庁南《ちょうなん》城（千葉県長南町）の武田上総介にも、同様の条件で調略し、こちらも降伏させることができたのです。

さらに四月になり、道灌は北上し、千葉孝胤一味の海上師胤《うなかみもろたね》が籠もる下総国、飯沼城（千葉県銚子市）を包囲し、力攻めを仕掛けました。

調略ばかりで戦をせずに相手を降伏させていると、自前の兵士たちの士気が下がるのを道灌は心配し、戦を仕掛けたのでした。

戦を仕掛け、緊張と興奮状態を作り出し、思いっきり闘いをさせなければ、兵士は弱体化してしまうのを道灌は恐れていたのです。

他の二城同様、道灌の調略を期待していた海上師胤は、この力攻めに慌てふためき、すぐに降伏したのでした。

こうして臼井城周辺の千葉孝胤与党は、道灌が支援する千葉自胤に帰服することとなったのです。道灌による、千葉介の事実上の復活、下克上の失敗でした。


道灌が、千葉孝胤与党を次々と降伏させている間、臼井城の周辺の砦の多くは兵糧攻めにて自落していたのです。

臼井城の兵糧はまだまだ余裕があるようで、武器の方も図書助勢が矢を打ち込むと城手が打ち返してくるなど問題ないようでした。

七月五日、道灌はうだるような暑さの中、臼井城近くに帰陣しました。

「兄者、良い策は浮かびませぬか？」

図書助が道灌に尋ねますが、

「蝉の声が煩《うるさ》くて良い案が浮かばぬ。この暑さでは、とても頭など回らない」

などと、道灌は戯言を言いながらも、いろいろ策略を考えておりました。三日間考えましたが、「これだ！」というものは浮かばずに、時間だけが過ぎていたのです。

次の日、道灌は、暑さと長陣の疲労で体調を崩してしまい、下痢を起こしてしまいました。そんな中、「これだ！」と道灌は、腹痛の中閃いたのです。

作戦は、図書助勢に桂逢殿助《あいどのすけ》、佐藤五郎兵衛や萬五郎の丸子部衆の精鋭部隊を合わせて先鋒とし、臼井城大手門の左の木立の中に城手から見えぬように隠れさせ、城手が道灌の思いついた陽動作戦にのって出てくれば、その隙をついて先鋒を城内へと突っ込ませるのです。

道灌の本陣は臼井城主郭から見下ろせる臼井宿砦に置いており、ここの足軽勢に道灌が直々に、ある陽動策を頼みました。

「よいか！　今夜から腹痛を起こせ！　五日ほど後の雨の日に全員が腹痛と下痢を起こし、ここを撤退するのじゃ。もちろん演技の上、流行り病を装う仮病じゃ。皆の衆よろしく頼むぞ」

と道灌は、足軽たちに頭を下げたのでした。

皆、半信半疑でありましたが、大将である道灌に頭を下げられたのです。いやなどとは言えるはずもなく、あくる日からこの陽動作戦は決行されたのでした。

先ず一日目は、十五人の足軽が罹患《りかん》したという想定で、医者が慌ただしく動き、患者用の幔幕《まんまく》などが用意されました。

二日目には四十人が発症したということで、陣内が慌ただしさを増したのです。

臼井城、物見櫓の物見たちが寄せ手の妙な動きに気づき、

「寄せ手の陣内で病が出ているのでは？」

と、千葉孝胤や臼井俊胤に伝えたのでした。

千葉孝胤は物見を増やすのと同時に、臼井宿砦の様子を探るように、農夫を装った間者を陣の周辺に配置したのです。

当然のことながら敵の間者が様子見に来ることは道灌も予想しており、今まで厳しく警戒していたのを少しだけ緩めさせていました。

「道灌勢の中に流行り病で苦しむ者、およそ百名。下痢や腹痛を起こしているようです」

「奴らに天罰が下ったのじゃ。もっと患者が増えれば、道灌の奴らは戦えなくなる。これは勝てるぞ」

などと、城手は、期待を込めて話をしていました。

五日目、道灌はさらに仮病患者を増やし、足軽衆の半分以上の二百五十人を患者用の幔幕内に隔離し、雨が降るのを待ったのでした。雨が降れば、臼井城からの視界が悪くなり、図書助勢を大手左の草むらに隠せるのです。

「病気持ちの軍勢が雨に打たれ元気なく撤退するのを、負けず嫌いな千葉孝胤が黙って見

送るはずはない」

道灌はそう読んでいたのでした。

天候ばかりは、いかに道灌といえど思うようにはなりません。

「明日は雨になりそう」

と智宗が道灌に伝えたのは七月十四日でした。

この日の夜、道灌は軍議を開き、「岩松勢と三浦勢を先に撤退してもらい、五町（約五百メートル）先で待機させ、病人たちは雨の中、城手に見えるように、ゆっくりと臼井宿砦を撤退すること。雨が降り出したら、図書助は大手左の草むらから大手門裏手に静かに近づき隠れること」を指示したのでした。

文明十一年七月十五日、智宗の読み通り雨となり、作戦は決行となりました。

丑の刻（午前三時頃）、夜明け前の真っ暗な雨の中を、先鋒の図書助勢が大手左の草むらに隠れました。

卯の刻（午前八時頃）、本陣である臼井宿砦では幔幕が片付けられ、大きな荷物を載せた荷駄が先発し、病人たちが互いに手を肩にのせ、雨の中をとぼとぼと連なりながら撤退して行きます。

最後の一団が臼井宿砦を撤退すると、

「恨みを晴らすのは今じゃ！　者ども続け！」

と威勢よく千葉孝胤が声を掛けて、城手の追手が動き出しました。

二の郭の緩い坂道を追手が下りると大手門が開かれ、騎馬武者と足軽小者たちは、「おりゃー！」と声を上げ次々と四町先を行く病人の後を追いました。その数およそ五百。この時、城手の半分以上が臼井城から出陣したのです。

大手門の近くまで忍び寄っていた図書助の先鋒衆は、大手門が閉じられる前に槍や戦斧を振り回しながら城内になだれ込み、不意をつかれた門番衆は二の郭に向かって逃げ出しました。

大手門を占拠した図書助勢は、ここに萬五郎と丸子部衆を残し、二の郭と三の郭を結ぶ土橋を押さえるため二町ほどの上り坂を駆け上がり、ここの守備隊と交戦。白兵戦の末、土橋を占拠したのです。

図書助は息子の資雄《すけかつ》と桂逢殿助を引き連れ、三の郭の土塁上に橋頭堡《きょうとうほ》（橋の袂《たもと》に構築する陣地）を築き、土橋の占拠を確実のものとしました。

三の郭には千葉氏の守り神である妙見社があり、ここに香取の弓衆の生き残り一人と孝胤弓衆、槍衆の精鋭が残っていたのです。

図書助のいる土塁の後方にある天満宮にも香取の弓衆の一人と守備隊がおり、盛んに図書助勢を狙って矢を放ってきます。

図書助勢も矢を連盾で防ぎながら、時おり弓矢で応戦しましたが、道灌が到着するまでの間、この場を死守するため無駄な矢は放たず自重しておりました。

そこに、一旦は逃げ出した門番衆が、主郭や二の郭の守備兵を多数引き連れて戻ってきたのです。

三の郭、妙見社の守備隊も攻め寄せ、図書助たちは挟み撃ちにあい、土橋を占拠している者に土塁に上がるように声掛けしましたが、間に合わず佐藤五郎兵衛が討ち死にすると、土橋勢は次々に討ち取られ全滅したのでした。

その頃、道灌本隊は大手門から五町先の田久保砦に岩松勢と三浦衆を配置。病人衆は下の道で槍を揃えて孝胤勢を待ち受け、追手先鋒と戦いが始まっておりました。

「騙された！　奴ら、本当に汚い手を使いやがる。ここまで来たら蹴散らすまで！」

「お待ちくだされ！　ここは怒りに任せて攻め込んではなりませぬ」

と、軍師の原胤則が大将である千葉孝胤を必死に止めました。そこに、

「大手門と土橋を道灌勢に占拠されてございます」

と、城からの使い番が一報を入れました。

「ここは、一旦、篠塚城に引き下がるのが良いと思われます」

「うーむ、あい分かった」

と千葉孝胤はその場から篠塚城に逃げたのでした。

「孝胤の追っ手は城兵の半分、これはまずい、図書助勢が危ない！　すぐに大手に向かうぞ！」

と、珍しく大きな声で道灌が叫びました。

隊列が整わないまま道灌の後を皆が続きました。

「道灌様、お下がりください」

慌てた智宗が後方から馬を飛ばして駆け寄り、道灌を制止したのでした。

「図書助たちが危ないのじゃ。急ぐぞ！」

「我らにお任せくだされ」

と、智宗配下の同朋衆が騎馬衆三十騎を先導して道灌を追い抜き、大手門に向かいました。道灌のもとには智宗や残った馬廻衆が駈け寄り、脇を固めながら臼井城の大手門を目指したのです
馬廻りの騎馬衆は、大手門を占拠死守する萬五郎と丸子部衆を引き連れ、三町先の土橋に馬蹄を響かせ急ぎました。

見ると、土橋付近では両軍入り乱れて白兵戦の真っ最中。ここで騎馬衆は、「おー！」と鬨《とき》の声を城手に聞こえるように響かせ、図書助勢に到着を知らせたのです。

「待ちかねたぞ！」

と、少し安堵し気を緩めた図書助が中腰で騎馬衆に合図をしようとした時、香取の弓衆がわずかな隙を見逃さなかったのでした。

矢が図書助のわき腹に命中したのです。

命中したにもかかわらず図書助は仁王立ちし、香取の弓衆の方に振り向き、

「撃って来やがれ！」

と、大声を出して威嚇しました。

その図書助を狙い無数の矢が放たれ、図書助に次々と矢が刺さります。

「図書助様！」

皆が叫びましたが、針鼠のように矢が刺さった図書助は、なおも倒れず勇者の威厳を城手に見せ、寄せ手には決して倒れないことを示したのでした。

土塁上の橋頭堡では無傷の者はおらず、皆、ひどい傷を負いながらも土塁を死守していました。

道灌勢が次々と大手門をくぐりその数を増すと城手は、「これは敵わぬ」と見て、主郭の方に逃げ、やがて搦手《からめて》虎口（裏門）から篠塚城に逃れたのでした。

主郭を占拠した道灌は、大勝利の検分を行いましたが、身内である図書助や図書助の息子資雄と、江戸築城以来の朋輩である桂逢殿助、中納言佐藤五郎兵衛ら五十三人を失い、そばに仕える智宗には涙こそ見せませんでしたが、急に齢を取った印象で、痛々しく感じ

られたのでした。

道灌は、千葉孝胤をこれ以上追い詰めることなく、臼井城を千葉自胤に預け江戸に戻ったのでした。これほど苦労して確保した臼井城でありましたが、千葉自胤は自身でここの城主になることはなく、代官を置き赤塚城に戻ったのです。

秩父熊倉城の戦い

身内や朋輩多数を失い、生き残った者の罪悪感を抱いて江戸城に戻った道灌を待っていたのは、公方成氏の弟、熊野堂守実《もりざね》でありました。

公方成氏が、今進めている自身と幕府の和平交渉の目付け役として、道灌に圧力をかけて来たのでした。

「話が違うではないか。道灌殿の話ではこの時期、すでに和平がなされているはず。管領顕定をもっとしっかり動かせ」

この件で道灌は、何度も上杉顕定に手紙を出しておりましたが、顕定側はのらりくらりとはぐらかし、本当は幕府との和平交渉など進めていなかったのです。

「他人の仕事にはケチをつけたがるもの。男の嫉妬というものは実に怖い」

以前、金山城の松陰にも道灌は言われておりましたが、現実のものになってしまいました。管領顕定は、道灌が調整した和平がこのままとまると、道灌の手柄になってしまうのが何より気に入らないのです。

また、顕定自身の権益が減ってしまうこともあり、和平を延ばし延ばしにしていたのでした。

業を煮やした公方特使の熊野堂守実は、管領顕定に直接使者を送りますが、顕定は会うことすらせず、

「道灌の話はいい加減であり、頼りにならぬ」

と熊野堂守実から公方成氏に伝えられた道灌は、大いに面子を潰されたのでした。

それこそが顕定の狙いでした。

「一旦、道灌による和平案を潰しておき、自分が仕切り直して和平を成し遂げ、顕定はやはり頼りになる」と、世に知らしめたかったのです。

二月二十五日、熊野堂守実から「顕定も道灌も頼りとはならない」と報告を受けた公方成氏は、なんと今度は景春を名代に立てて、幕府との和平交渉を細川政元《まさもと》に頼み込んだのでした。

再び公方成氏を味方につけた景春が長井城（西城、埼玉県熊谷市）の長井六郎を引き入

れ、意気揚々と雉岡城《きじがおか》（埼玉県本庄市）で蜂起したのです。

両上杉方にとっては一大事となり、山内上杉顕定の命により、扇谷上杉定正がこれに迅速に対応しました。今回公方成氏は、次の展開も見越しているのか、表だって景春の味方をしませんでした。

支援を受けられない景春は、両上杉方に圧倒され、自分の本拠地である秩父に移動することしかできず、その行き掛けの駄賃で太田道真の本拠、越生《おごせ》に進軍し、龍穏寺を焼き払おうとしたのです。

この時、道真は道灌から景春の動きを知らされており、景春騎馬衆を龍穏寺に至る谷あいで待ち伏せ、見事に撃退したのでした。

行き掛けの駄賃に失敗した景春が秩父に逃げ込むと、孤立した長井城を道灌と大石氏が攻め、孤立無援の長井城はすぐに落城したのです。

文明十二年五月十三日、最後の決着だけは自身でつけたい管領顕定は、景春を秩父の入り口にある景春の本拠地、黒谷《くろや》城に追い詰め、景春菩提寺の法雲寺を焼き払い、景春の家族、朋輩を多数殺しましたが、当の景春は山中に逃げたため取り逃がしてしまいました。

その後、景春の行方はようとして知れず、長陣で疲れた管領顕定は、ここで道灌を呼び寄せ、景春の探索を任せたのです。

ここに至って、公方成氏が景春の援護のため、再び上杉勢に反旗を翻しました。

これには金山城の岩松家純と横瀬国繁も公方成氏に味方しており、道灌は、「御屋形様《おやかた》（上杉顕定）、景春の件より、公方様の方を優先させた方がよろしいかと存じます」

と進言しますが、顕定はこれを許さず、あくまでも景春の行方を道灌に探索をさせたのでした。

道灌は、景春が秩父の山中のいずれかに隠れていると見て、先ずは秩父周辺の景春与党たちの調略を試みたのです。

景春与党の大物、安保氏や毛呂三河守などに道灌は直接出向き、本領安堵を約束して調略をすぐに成功させせました。

秩父の景春与党には小規模な豪族も多く、その中には景春の行方を知る両神村《りょうかみむら》の地頭、小沢左近《さこん》や大串弥七郎らもおり、道灌は、小沢左近と大串弥七郎に、「居場所を明かせば本領安堵と、金品の褒美をとらす」と持ち掛け、二人を懐柔したのでした。

道灌は、顕定から事前に「調略できた場合の本領安堵を約束する誓書」を取ってあるため、これを二人に指し示したのです。

「景春の忠実な配下であった二人が何故寝返ったのか？」ですが、この調略を行う者が使者でなく、道灌自身が直接行ったので成功したと智宗は思いました。坂東の武士であれば知らない者はいない、憧れの道灌から頭を下げられ、直に頼まれれば、二人とも断り切れず、道案内まで買って出てくれたのです。

六月十四日、道灌は、小沢左近と大串弥七郎の手引きにて、景春が籠もる秩父の山奥にある秘密の山城、高差須《たかさす》城（塩沢城／埼玉県小鹿野町両神）を目指しました。

この時、高差須城内には、大串弥七郎の息のかかった嶋村近江守という内応者がおりました。道灌勢は、重い荷駄を押しながら山また山の奥、小森というところに大汗をかきながら苦労して移動し、小森で一休みしましたが、ここから、さらに登らなくてはならなかったのです。

そうして小森から険しい坂道の半里先にある大谷沢にたどり着いた道灌勢は、ここに陣を張り、真夜中に出陣し、高佐須城の根古屋に夜討ちをかけたのでした。

すると、高差須城内にいた嶋村近江守がこれに応じ、各所の要害に火をかけ高差須城は大混乱に陥りました。

これで「敵わぬ」と見た景春は、麓の秩父御岳山、猪狩《いのがり》神社奥宮（埼玉県秩父市荒川）に逃げ出し、その後一旦、白久《しろく》村の岩殿（埼玉県秩父市小鹿野町）に隠れ、翌日熊倉《くまくら》城（日野城／埼玉県秩父市荒川日野）に逃れたのでした。

熊倉城は高差須城の真南、三里（約十二キロメートル）ほどにある熊倉山（標高千四百二十六メートル）の麓にありました。熊倉山は多くの山塊を伴っており、その一つが山頂に熊倉城のある同名の熊倉山でした。

熊倉城に景春が逃げ込んだことは、熊倉山の登山口、白久にいた小幡山城守から顕定本陣にもたらされました。

小幡山城守は、元は甲斐の武田氏に仕えた武将であり、秩父に土地勘があることで顕定の配下としてここ秩父白久に物見を置いていたのです。

道灌が、白久に近い顕定本陣に到着したのは、景春が熊倉城に籠もってから三日目のことでした。すでに顕定が熊倉城の攻城を仕掛けていましたが、攻めるには細尾根から上がる大手虎口の一か所のみで、難攻不落の堅城は容易に落とせません。

管領顕定の執事長尾忠景の息子である長尾孫五郎顕忠《あきただ》がこの攻城戦を任され指揮していましたが、手柄を上げたい孫五郎は大軍にて痩せ尾根から力攻めで攻撃したのです。

痩せ尾根には堀切が二本あり、また、尾根上は二人が立つのがやっとという細さで、大軍の有利を活かせない状況の中、立ち止まった大軍の寄せ手に虎口上の櫓から城手の矢弾の嵐。除け場所のない寄せ手は、痩せ尾根から転げ落ちるなど散々な目に遭わされ退散したのでした。

道灌が顕定本陣に到着すると、入れ替わりに三日間の熊倉城攻めで苦戦し、簡単には落とせないと見た顕定と忠景はすでに鉢形城に戻ることに決めておりました。

「道灌殿、ここはお任せいたしましたぞ。わしは成氏公の対応があるゆえ、一旦、鉢形城に戻るとする。再度、仕切り直して幕府と成氏公の和平を成し遂げる所存ゆえ、道灌殿は景春を一刻も早く退治してくだされ」

顕定はそう言い残して戻っていったのでした。

道灌のもとには、大石石見守と大石駿河守、長尾忠景の息子長尾孫五郎顕忠と、小幡山城守、三浦道寸らの軍勢約千名が残されました。

道灌は、三浦道寸とは臼井城以来でありましたが、この日、本陣広場で繰り広げられた道寸弓衆の演習を見て、図書助を葬った香取の弓衆に引けを取らない腕前と感心しました。

そこで道灌は、三浦道寸の弓衆と萬五郎の戦斧衆、それに勇猛果敢で一歩も引くことがない丸子部衆を組み合わせれば、少数精鋭の攻城軍ができると考えたのです。

「道寸殿、是非に合わせたい者がおる。こちらが我が配下の萬五郎である。戦斧の使い手で五人衆の頭じゃ。隣が丸子部衆の頭、小吉。勇猛な足軽衆である。二人とも、わしの自慢の配下の者じゃ」

と道灌に紹介され、三人は挨拶を交わしました。

「此度の熊倉城は、景春の細工よろしく、難攻不落なやっかいな城と聞いておる。今後、共に力を合わせて攻城して欲しいと思うておる。道寸殿にはその指揮を任せるゆえ、よろしく頼む」

翌日、道灌は大石勢を本陣に残し、三浦道寸ら若い武将たちと熊倉城を目指しました。荒川沿いを上流に沿って進み白久村に至り、ここから谷津川沿いに上ること一里のところにある熊倉城門番が住まいした「おけさ小屋」を過ぎ、さらに上り、大手門下の平坦地に本陣を敷きました。

そして道灌は、攻城衆である長尾孫五郎、三浦道寸、小幡山城守を本陣に集めて軍議を開き、鼓舞したのでした。

「此度は、関東御静謐を目指す最後の戦いにござる。皆で知恵を合わせ、必ずや勝利しようぞ！」

この若い三人の武将は、道灌に憧れている者たちばかりで、長尾孫五郎は父親の忠景や主君の顕定が道灌を批判ばかりしているのを聞いておりましたが、「連戦連勝は、運だけでできることではない。何かを持っているはず」と、一緒に戦えるのを楽しみにしていたのでした。

「熊倉の水の手はどうなっているか分かる者はいるか？」

と道灌が尋ねると、

「城内には雨水を溜める池が一つ、それと大瓶《おおがめ》が二つございます。雨が降らない時は、どこからか沢水を汲んでおりました」

と、熊倉城を訪れたことのある小幡山城守が、道灌と目が合い嬉しそうに答えました。

「細尾根を使い大手虎口を攻める以外に、攻め手はござるか？」

「ここから熊倉城の西斜面をへずって、城の北側の腰曲輪を攻める手もあろうかと存じます」

三日間攻め立てた長尾孫五郎が答えました。

「よし、山城守殿は五日間で水の手を探ってくだされ。孫五郎殿は北側からの攻め手の道筋を見つけてくだされ。此度の攻城の要であるゆえ、二人ともよろしくお願い申す。道寸殿はわしと東尾根にある景春の出城を一日も早く落としますぞ。出城が手に入れば、実城の様子が分かるというもの」

と、三人の武将に役割を与え、それぞれ声を掛けました。

三人の武将は皆、道灌から認められたようで嬉しさを隠し切れないでおりました。

道灌本陣の陣幕が張り終わると、三浦道寸が訪ねてきました。

「道灌様、出城を落とす妙案はございますか？」

「それは三浦殿が考えること。萬五郎の戦斧衆、短槍の使い手の丸子部衆、それに道寸殿の弓衆を使いこなせば、二十人ほどの守備兵を蹴散らすのは容易《たやす》いと見ておる。出城の左右を見た修験の慈覚に聞いて見られよ。明日の朝、道寸殿の策を披露あれ」

六月十九日、戦場においても信仰厚い道灌は暗いうちから起き出し、勤行を日課にしておりました。すると、いつの間にか道寸も隣に座り、一緒に経を唱え、勤行を終えたのです。

「では、策を聞こう。三浦殿」

「明日の明け方、出城を三方向から同時に攻め上がりまする。小吉殿の丸子部衆を、痩せ尾根の西からと、急斜面の南、大仁田沢《おおにたざわ》の東の三組に分け、こちらの陣の攻め太鼓と鬨の声に合わせ、南と東から同時に出城に迫ることとします。実は、南と東から迫るのは見せかけだけで、出城勢の関心を三方に分けるのが目的。西から痩せ尾根から、我が本隊、すなわち連盾を持った丸子部衆と、戦斧衆が続き、その後ろから我らの弓衆が攻め上がります」

「なるほど、城手の石火矢を分散させるのだな。北に退路を開けておけば攻め太鼓だけで逃げるかもしれぬぞ。良き策じゃ」

六月二十日、攻城当日、東からの丸子部衆は昨日から大仁田沢に向かっており、南の急斜面の組も、主力の西から攻める攻城衆より一足先に出陣しました。

大手下からは主力が、西から痩せ尾根伝いに出城まで一町のところまで、城手に気づかれることなく着き、寅の刻（午前四時頃）、合図の鏑矢が飛びました。同時に攻め太鼓が思い切り叩かれ、大手口に勢揃いした道灌勢全員が、ありったけの鬨の声を響かせたのです。

寄せ手の足は素早く、要害のすぐ近くまで城手の石火矢を受けることなく達しましたが、ここに来て石火矢の攻撃が尾根筋の主力に注がれたのでした。

それでも城手石火矢衆を、一人一人道寸の弓名人たちが狙い撃ち倒すと、石火矢が途切れ始め、小吉勢と萬五郎の戦斧衆が先を争うように出城に迫りました。

この二人は侍大将でありながら、後方で指示を出している侍大将などと違い、常に先頭を駆けて行くのです。

配下の者たちも、この頭に引けを取らない勇敢さで二人の後を追いました。

萬五郎が一番乗りで柵を乗り越え、小吉も続きましたが、城手の弓で狙われ、矢が顔に刺さったのでした。小吉をかばうように萬五郎が戦斧を振り回し、矢を振り払い、寄って来る城手と刃を交えました。

道寸の弓衆も出城のすぐ下に取りつき、城手の弓衆に矢を浴びせています。この間も次々と丸子部衆が柵を乗り越え、出城内での白兵戦に参入したのでした。

最後の丸子部衆が柵を乗り越えた時、寄せ手は城手の倍の人数になって、敵わぬとみた城手の侍大将が退城の合図である指笛を鳴らし、北斜面を転げるように逃げ去ったのでした。

「小吉殿、傷は浅いと存じます」

と萬五郎が小吉を抱きかかえ耳元で語り掛けましたが、返事はありません。

刺さった矢が脳まで達していたのです。

城手は五人が討ち取られ、寄せ手の犠牲者は小吉とその配下の五人だけでした。

こうして出城が寄せ手のものとなり、ここに新たに設置した櫓からは、熊倉城の二の郭とその奥の実城の様子が窺え、城手の兵士の数が百五十人足らずと少ないことが分かったのです。


この日の夕方、道灌は出城での検分を終え、大手下本陣で軍議を開きました。

出城での大勝利を話し、居並ぶ武将らは大いに盛り上がり拍手しました。

道灌の軍議では死んだ者や負傷した者の話は一切せず、あくまでも士気が上がる話しかしません。

そんな時に、水の手を調べていた小幡山城守が、軍議に遅れまいと息を切らせて駆け込んできました。そして小幡山城守から道灌に、水の手の在り方がもたらされたのです。

山城守は水の手になりそうな五か所の沢を全て調べ上げ、熊倉城の北東にある大仁田沢の水源までさかのぼり、城手の綱のついた桶を発見したのでした。

この水の手に、山城守は二十人の守備兵を駐屯させたということでした。

「でかしたぞ、山城守殿。後は日照りを待つだけじゃ。そうじゃ、そこに我が方の旗をありったけ掲げよ!」

大きな声でそう道灌に褒められ、子供のように喜ぶ山城守を見て、その場にいた者からも、「よくやった!」と声が掛かり、軍議は大いに盛り上がり皆が拍手しました。

「孫五郎殿の方は、どうであった?」

「申し上げます。ここから城の西に回り込み、比較的なだらかな西尾根の袖曲輪に出るのですが、途中険しい斜面が四か所あり、具足をつけ弓を持ったならば大人数の移動は無理かと存じます」

「孫五郎殿、御苦労でござった。では、その西尾根は、景春とその一味に勢いよく下りてもらうとしよう」

と、道灌が珍しく戯れ言を言うと、どっとその場が沸きました。

この時、奇しくも長尾孫五郎と三浦道寸は、何故道灌が連戦連勝できるのか分かったような気がしておりました。

「策士でもあるが、皆が最善を尽くせるように、上手に道灌様がまとめている。配下がやる気を出せるようにと褒めてくださる。上から一方的に無理難題を命じる武将たちとは全く異なるやり方ではないか」

と、二人は感じ入ったのでした。

翌日、道灌と同朋衆たちが朝の勤行の時、

「このへんで、いつもなら明るくなってくるのだが、今朝は夜明けが遅い」

などと道灌が思っていると、夜に寒気が入ったのかあたりはひどい霧となっていました。

霧が深いのが知れた時、道灌の背筋を寒くする嫌な刺激が走りました。

「慈覚！　何か聞こえぬか？」

「さて、この霧で音が遮られて聞こえませぬ」

「嫌な予感がする。痩せ尾根に向かうぞ！」

道灌の予感は当たっていました。

痩せ尾根を二列に身を低くして出城の奪還に向かう景春勢、およそ七十名が目の前にいたのです。

「敵襲！　敵襲！」

とっさに道灌は、後先考えずに大声を響かせました。智宗たち同朋衆も、これに続いて大声を発し、出城や本陣まで届かせたのでした。

「まずい！　気づかれたか。あの者たちを殺せ！」

景春勢の侍大将がそう叫ぶと、尾根上にいた兵たちが道灌の小勢に向かって駆け下りて来ます。

「智宗様、ここは道灌様を連れてお逃げくだされ」

と、慈覚と一乗、道智の三人がその場に仁王立ちし、道灌たちの盾となったのでした。

道灌は、智宗に促され急斜面を駆け下りましたが、岩に足を取られ転倒してしまいました。

「大丈夫でござるか？」

と智宗は言いながら、盛んに杖を振り回し、道灌めがけて飛んでくる矢を叩き落としています。

出城からも道寸や萬五郎も出てきたようで、上の方から戦闘の大声や刃音が道灌の耳にも聞こえます。

「大丈夫ですか？」

と、大手口の本陣にいた孫五郎が、すぐ下から声を掛けてきました。

道灌の脇を孫五郎勢と山城守勢が具足も付けずに痩せ尾根に駆け上って行き、たちまち攻守が入れ替わりました。

智宗が一息つけるようになり、

「本陣に戻りましょう」と促します。

「右足首を捻挫したかもしれぬ」と答えた道灌が、

「否応なく老いはやって来る。わしも少し衰えたか」

などと落ち込んでいると、さらに落ち込む事態となりました。

「慈覚たちがやられたようです」

と、智宗から聞かされ、道灌が上体を起こして尾根の方を見上げると、見慣れた同朋衆たち三人が倒れているのが見えます。

「智宗、わしは大丈夫じゃ。三人を見て参れ」

「それはできません。いかに道灌様の命令でも、お側を離れることは許されません」

そうこうしていると、痩せ尾根の戦闘の方は決着がついておりました。

熊倉城の大手引橋は引かれたままで、二の郭に戻れない景春勢は、道寸出城勢と孫五郎、山城守勢の寄せ手に挟み撃ちにあい、ほとんどが討ち取られ、残りは急斜面の下に転げ落ちたのでした。

捻挫をした道灌は、智宗と道寸に抱えられながら治療のため本陣に戻りました。

「此度は大勝利間違いございません」

痩せ尾根の戦闘を終えた三浦道寸が興奮気味に話し掛けましたが、道灌は喜ぶ気分ではありませんでした。

「道灌様は命の恩人にございます。敵襲との一声がなかったなら、我ら寝首を掻かれておりました」

と、三浦道寸は、道灌が気分の悪いのを察して感謝の言葉でその場を繕いました。

医者がやって来て手当てをしましたが、道灌の見立て通り、足首の捻挫ということでした。

「智宗、慈覚たちは、いかがした？」

「残念ですが、三人とも身罷《みまか》ってございます」

「そうか、死んだか」

力なくそう答えると、

「また、わし一人が生き残るため、三人を犠牲にしてしまった」

昨年以来、弟の図書助と資雄父子、六郎、鶴亀丸、桂逢殿助、佐藤五郎兵衛、小吉、慈覚、一乗、道智と、立て続けに江戸開城以来の身内や忠臣たち、それも親しき者たちを失ったのでした。

勇敢な命知らずが真っ先に死ぬのは、逃げ回る者より多いのは仕方なきことと分かってはおりますが、その生き方が立派であるがゆえに、道灌の心に生き残った者の罪悪感が増していたのでした。

戦は、道灌勢の大勝利。景春勢は、この奇襲に参加した者全員が死亡あるいは逃亡。熊倉城に残る兵は八十名ほどとなってしまいました。

この日を境に秩父は日照り続きとなり、木々のない熊倉城は連日真夏の暑さが襲い、景春勢の士気は急激に下がっていきました。

また、何より大事な水の手が寄せ手に落ちたことから、六月二十四日、道灌が予言した通り、景春は熊倉城に自ら火をかけ、西尾根から逃げ出したのです。

戦乱開始当時、一万を超える兵を要し、武州最強を誇った景春勢も最後は八十名余り。見る影もないほどに敗れ去ったのでした。

こののち景春は、秩父瑞岩寺《ずいがんじ》（埼玉県秩父市黒谷）に逃れ、その後、公方成氏の元に匿《かくま》われたのです。

道灌は、武士の情けで景春に追手は一切かけず、「熊倉城は焼け落ち景春の生死不明」と、長尾孫五郎顕忠を通じ、管領上杉顕定に報告したのです。

文明九年から足掛け四年にわたる長尾景春による関東大乱は、熊倉城の戦いで最後を迎え、道灌の八面六臂の活躍で、反乱者景春の下克上の夢はついえたのでした。

太田道灌状

江戸城に戻った道灌は、亡くなった味方兵士や敵方のために朝の勤行を増やし、身内や親しき配下一人一人を特別に回向《えこう》しておりました。

それは道灌が、江戸に勧進した多くの寺社に、亡くなった身内、朋輩たちをそれぞれ祀り、住寺、別当に回向料を支払い手厚く弔ったことで、広く世間にも知れわたりました。ただし、ただ悲しみに浸っている時間は道灌にはなく、戦乱の平定過程で景春与党を数多く調略し降伏や協力者に仕立てていましたので、こうした者たちのため上杉顕定に山内上杉家への帰参をとりなしておりました。

山内上杉顕定や長尾忠景が約束通り本領安堵や帰参を許せば問題はなかったのですが、いざ戦が終わると、この者たちを「寝返り者、裏切り者」と呼び、手の平を返す仕打ちをしたのでした。

戦時に道灌が本領安堵を約束した者は、当然に道灌に約束の履行を迫ったのです。

道灌がこれらの者との約束の履行を顕定に迫ると、首を縦には振らずに公然と約束を反故にしたのです。

こうして間に入った道灌は、胃の痛くなる日々が延々と続いておりました。景春の乱が終わる前の多比良治部少輔の場合などでは、道灌が調略して所帯（領地）の安堵を約束しましたが、顕定はこれを「裏切り者」として受け付けず、多比良治部少輔は再び景春与党となってしまい、秩父の山城を整備し景春を迎え入れたのです。この顕定の寛容のなさが生んだ山城での籠城戦が高差須城であり、熊倉城であったのでした。

結局、高差須城と熊倉城で苦戦すると、顕定はここを道灌に任せ、自分は安全な本拠で指図だけを出し、道灌が勝利すると、秩父の領地は自分の家臣、配下に分けてやるなど、好き勝手に振る舞ったのです。

苦戦を強いられる戦のほとんどを道灌に振り向け、その後始末では余計な口出しをし、道灌が調略した毛呂三河守、安保氏などは納得のいく顛末とはならなかったので、道灌に猛烈に抗議しておりました。

その他にも戦乱初期に活躍した道灌与党には恩賞が与えられないことがあり、顕定に無視され憤慨した者たちは以下の通りでした。

吉良成高（世田谷殿）
渋川義鏡（蕨城主、堀越公方奉行）
木戸孝範（堀越公方奉行人）

宅間讃洲（本郷入道）
千葉自胤（石浜城主）
長井広房（八王子城主）
三浦大介道含（三崎油壺城主）
一色奥州（今川氏一族）
大森信濃守（小田原城主）
松田左衛門（足柄城主）
河村大和守（足柄河村郷住人）

道灌は、以上の者に対して正確な論功行賞を願い顕定に進言しました。しかし、顕定や忠景からは何の返答もなく、道灌だけに不満や突き上げが集中したのです。

文明十二年十一月二十八日、道灌は、顕定の被官である高瀬民部少輔に宛て、道灌と一緒に戦いながら正当に評価を受けられない武将のため、それらの者の無念や不満を代弁して戦の経過や顛末を正確に書き綴り、長文の手紙を送ったのでした。

世にいう「太田道灌状」です。

手紙の最後に道灌は、顕定に対する痛烈な批判を認《したた》めておりました。

「古人に云う、
国に三不詳《ふしょう》有り、
賢人有るを知らざるを一不詳、
知って用いざるを二不詳、
用うるも任せざるを三不詳、
然《しか》らば徳失を准《じゅん》ずれば、
任と不任これ有るべく候《そうろう》か」

道灌も、これを書くべきか書かざるべきかさんざん悩みましたが、結局、正直な気持ちを素直に認めたのでした。

高瀬民部少輔は、道灌と唯一気の合う山内上杉方の人物でありましたが、顕定に上手く執り成すどころか、直接手紙を渡してしまったのです。

道灌状を読んだ顕定が素直に反省などするわけなどなく、

「道灌の自慢話ばかりで、おまけに説教。主君に対して敬意が微塵も感じられない。何様のつもりか」

と、激怒したのでした。

結局、顕定を怒らせた外交的失敗が自身の運命にまで影を落とすことになろうとは、この書状を書いている時、道灌は想像もつきませんでした。

交渉中の懸案が、交渉相手を怒らせて良い方向に進むわけがありません。

ただし、悪いのは顕定の方であり、誓書にまでして約束したことを反故にしたのは顕定本人であり、武士として到底許されるものではないと道灌は思っておりました。

しかし、道灌を頼りとする朋輩たちの権益交渉は、顕定を怒らせ頓挫したのです。

正しきことを指摘しても、相手が聞く耳を持たない者であれば怒り出してしまうことは、道灌としても当然分かっていたことですが、今回は我慢できなかったのでした。

後でこれを知った父道真は、「短慮に過ぎる」と、道灌を叱責。後に顕定に丁重な詫び状を出しましたが、道灌が許されることはありませんでした。

道灌はこのような中、不眠と右足の捻挫の治療のため、ひいの湯屋をひんぱんに訪ねておりました。

短期間に多くの身内、朋輩を亡くし道灌は、深い悲しみの中にありながら、顕定との交渉にも頭を悩まし、悶々とした眠れぬ日々が長く続いていたのです。

道灌自身は、敵味方多くの者の命を奪ったことで、当然自身の地獄行きは覚悟しておりましたが、生きている間は自分が関わった約束を守らなければ、それこそ生き地獄に落ちてしまうと必死に交渉していたのでした。

江戸城には連日陳情者が相次ぎ、道灌に苦情の訴えや、少しでも自分が有利になるように交渉してくれと頭を下げる者が続出しておりました。

このような公務と捻挫の足では、以前のように山河を歩くこともままならぬことから、心の憂さを晴らすために、ひいの湯屋を訪れていたのです。

「お殿様の右足のため、今日もたっぷり牡丹皮《ぼたんぴ》や桃仁《とうにん》などを湯に入れておりますゆえ、ごゆるりと湯を堪能くだされ」

「いつも、すまぬな。少しつんとする匂いがするのは、その牡丹皮とやらか？」

「その通りにございます。そう言えば昨日みえたお客様から、お殿様の連戦連勝の戦上手のお噂を耳にしました。なんでも、敵の数が十倍でも、お殿様は勝っておしまいになるとか」

「勝ったとはいえ、多くの身内、朋輩を失くしてしもうた。勝ったのは亡くなった者たちのお陰じゃ。わしの手柄ではない」

「これは失礼いたしました。それにしても図書助様、資雄様、六郎様は残念なことでございました。わたくしも毎朝、皆様のため仏壇に手を合わせております」

「それはありがたい。自分はよいが、死んだ者には天界に行って欲しいもの。念仏は天界への応援となる。わしは江戸に戻って戦の後始末をしておるが、戦時の約束を守らない大馬鹿者がおる。そんな奴が大手を振ってこちらを批判しよる」

「殿様は誠実で嘘のつけぬ真っ直ぐなお方。交渉事は騙し合いと言います。嘘つきのお相手は大変かとお察し申します」

「つまらぬ愚痴をこぼしてしまった。許せ」

「愚痴などと、お殿様のどんな話も、お慕いしている私にとっては、面白くありがたいものでございます」

「そうか、ひいと一緒にいると居心地がよいのう。つい愚痴も出てしまう」

「ありがたきお言葉、何より嬉しく存じます」

道灌はこの後、湯につかり、足を優しくさすってもらい、女の優しさ、ありがたさを感じながら、一時ほど深い眠りにつき不眠の解消に一役買ったのでした。

関東御静謐成る

文明十三年七月、古河公方成氏は、顕定の父、越後上杉房定《ふささだ》に幕府との和睦の仲介を依頼しました。

越後上杉房定は、息子の顕定とは違い、幕府内に知人も多く、依頼された和睦交渉をすんなりと進めていきます。

そして文明十四年十一月、遂に懸案だった幕府将軍足利義政と古河公方足利成氏の和睦が成立したのです。これにより公方成氏の朝敵の汚名はそそがれ、幕府が認める正式な関東公方に再び就任したのでした。

そして、今まで関東公方であった堀越公方足利政知は、伊豆一国の御料地を預かる大名家に成り下がってしまいました。

和睦成立により、享徳三年から二十八年間にも及んだ両上杉方と古河公方との抗争が終息。長尾景春の反乱も道灌の活躍により平定されたことから、遂に関東御静謐が成ったのです。

道灌は、和平が成立したことで、自身の使命である関東御静謐が達成され、喜ばしいと受け止めておりましたが、これを面白くないとする連中がおりました。

筆頭は、伊豆の大名と成り下がった堀越公方足利政知であり、次に道灌の主君扇谷定正、それに千葉孝胤でした。いずれも、自分に何の相談もないことでへそを曲げており、支配地も少なくなることが我慢できなかったのです。

特に両総(上総と下総)千葉氏は、千葉介という名誉に未練がある千葉孝胤が臼井城を奪還し、庁南武田氏も孝胤に味方し、和平に異を唱えていたのです。

真里谷武田氏だけは道灌との約束を守り、和平への口出しはしませんでした。

文明十五年十月五日、顕定に命じられた道灌は、再び上総庁南城に進軍し、和平に反対し蜂起した武田氏を攻め落としました。

翌、文明十六年五月、道灌は、下総葛東に進出。馬橋城《まばし》（千葉県松戸市）を築き、千葉氏の両総に、ここで睨みをきかせたのでした。

こうした道灌の動きに対し、千葉孝胤は平山城《ひらやま》（千葉県千葉市）から佐倉城《さくら》（千葉県酒々井町）に本拠を移して防御を固め、再び敵対したのです。

道灌は、千葉孝胤一味の切り崩しを図るため、両総を中心に調略を活発化させたところ、寝返る孝胤一味が続出し、道灌としては喜ばしい限りでありました。

この喜びもつかの間、大きな落とし穴が道灌を待っていたのです。

調略で道灌勢となった千葉孝胤与党の大多喜（千葉県大多喜町）の佐久間氏や佐倉（千葉県佐倉市）の羽鳥氏、中村郷（千葉県香取市）の三谷氏、高城氏の配下であった増尾氏など道灌に強いあこがれを持つ連中が「道灌殿こそが関東管領にふさわしい。扇谷当主の定正や管領顕定など討ち負かすなどたやすいこと」とけしかけ、それに対し道灌は「下剋上は外道のしわざ、決して許されぬ！」と、きっぱり否定しておりました。その者たちが道灌に挨拶するため江戸城を訪れた時、事件は起きたのです。

ちょうどその時刻、扇谷上杉氏、宿老の上田入道家臣や、定正の養子上杉朝良《ともよし》執事の配下である曽我氏も江戸城を訪れておりました。

「邪魔じゃ。田舎者は道をあけよ！　城内で千葉の寝返り者がでかい面をするな！」

と曽我氏の配下が挑発。

「聞き捨てならぬ！」

と千葉衆が応じ、小競り合いとなり双方に死人が出たのでした。

道灌は、この収拾に城内の法度《はっと》通りに喧嘩両成敗を貫いたため、両者から恨まれることとなり、宿老や重臣たち譜代の者たちと、道灌が取り立てた新参者たちとの分断が深まったのでした。

万里集九《ばんりしゅうく》

扇谷上杉家を預かる家宰の道灌としては、一刻も早く家内の分断を解消すべく融和策をとらねばならなくなりました。

道灌が考えた融和策は、連歌会を催して家内の者を集め、その後に酒宴を開き融和を図るのが一番であると考え、友の木戸孝範に尋ねました。

「近頃人気の歌人で江戸に来てくれる者はおらぬか？」

「うってつけの者がおりまする」

「ほう、それは誰じゃ」

「美濃の歌人で万里集九と申す者にございます。その者は文明十二年に贋釣斎《がんちょうさい》（上杉定正）様が詩を依頼し、詠んでいただいたと聞き及んでございます」

「それは、うってつけじゃ」

「万里殿は、道灌様より少し齢上で、美濃の竜門寺の住持を務められたのですが、戦乱（応仁の乱）が激しくなり寺の経営が立ち行かず、やむなく還俗され妻子をもうけられたと聞いております。道灌様もご存知の承国寺の詩会に出入りを許された天賦の才を持たれた歌人でございます」

「ほう、名のある禅僧でも承国寺の詩会に出入りするのは至難の業と聞くが、還俗の身でありながら許されるのは大したお方。して、つてはござるか？」

「私の知人に子通《ことう》という禅僧がおりまする。子通殿は、万里集九殿とも親しい間柄と聞いており、この者に頼めば何とかなると存じます」

「では是非に、万里殿を江戸に呼んでもらおうでないか」

木戸孝範は、さっそく子通に手紙を書き、江戸に呼び寄せました。

江戸に着いた子通曰《いわ》く、

「万里殿は今、五十八歳と高齢ではあるが、詩歌のためならどんな苦労もいとわないお方。

富士のお山や隅田川、江戸城が拝めるとあらば、東遊（関東見物）もあり得ましょう。問題は妻子を残して東遊されるかどうかです」

「高齢であるならば、荷物持ちに小僧を五、六人つけ、妻子にも江戸に来ていただければよかろう。江戸の住まいは道灌殿が用意してくれるはずじゃ。何しろこれは、二千石の太田道灌様のお言いつけじゃ。どんなに費用がかかっても構わぬ」

「分かり申した。では、明日にでも美濃に向かい、万里集九殿にお会いすることに致しましょう」


江戸城で大事件があったと聞き、ひいは心配しておりました。

湯屋には久しぶりの来訪で、道灌が殊のほか元気そうで安心しました。

「お殿様、お元気そうにお見受けしましたが、何か良いことがありましたか？」

「そう見えるか。実はな、当代最高の歌人が江戸城に来ることが決まったのじゃ。そのお方は万里集九殿といってな、詩歌集を拝読すると見事な詩をお詠みになる方と感服したところじゃ」

「まあ、それはおめでとうございます。詩歌は人の心を優しくしてくれると聞いたことがございます。戦乱続きで殺気立っている方々を、きっと、その方の詩歌で落ち着かせてくれましょう」

「その通りじゃ」

「ご機嫌麗しくいらっしゃるお殿様には申し上げにくいのですが、どうか、身辺にはお気をつけてくださいませ」

「どうかしたか、ひい」

「どこの手の者か分かりませぬが、このところ眼つきの悪い者たちが、ここを見張っておりまする。どこかの間者で調べているだけならよいのですが、その者たちから殺気を感じます。ひいは心配なのでございます。あ奴らが、お殿様を狙っているように思えてなりませぬ」

「智宗を呼んでくれ」

と、道灌は、同行している智宗を呼びました。

「道灌様、いかがしましたか」

「ひいが、眼つきの悪い間者にこの湯屋が見張られていると申しておる。それも、このわしを狙っておるとな」

「誠でございますか？　ひい様」

「ひいの勘働きは、特別じゃ。疑う余地はない」

「かしこまりました。急ぎ城に戻り、間者を探る同朋衆と、道灌様の警護の馬廻衆を十人ばかり連れて参りますゆえ、しばしお待ちくだされ」

こう告げて、智宗は江戸城に戻って行きました。

「わしの身を狙うとしたら誰じゃ？　千葉孝胤か？　それとも御屋形様か？」

道灌は考えてみましたが、思い当たりませんでした。


文明十七年九月七日、子通の口説きが成功し、万里集九は東遊の途についたのです。道灌は、万里が五十八歳と高齢のため、小僧を六人荷物持ちにつけ、子通と警護の同朋衆三人をつける厚遇にて江戸までの道中を気遣ったのでした。

九月十四日、万里は東遊の第一の目的でもあった富士のお山を仰ぎ見て、感動のあまり泣き出してしまいました。

十月一日には相模国に入り藤沢道場（時宗、遊行寺）と江嶋弁財天に詣で、ここまでの道中の無事を感謝し、東遊の成功を祈願しました。

十月二日、万里は出発して二十六日目に品川湊に到着、ここで道灌が差し向けた三十五騎の出迎え衆と一緒に江戸城に入ったのです。

静勝軒で初対面を果たした道灌と、万里は互いに好印象を持ち、富士山の夕景を一緒に堪能しました。

この時、万里は、「道灌が、連戦連勝の剛の者とは思えぬ柔和な物腰態度と学者のような話し方をするお方」だと、好感を持ったのです。

一方、道灌は、小さな老人の万里が持つ思慮深い顔から、「詩歌一筋にかけた思い」を感じ取り、今後いろいろ教えを請いたいと思ったのでした。

翌晩、道灌は、万里のために静勝軒にて宴を催し、最大限にもてなしました。

道灌のもてなしは、これには留まりません。この時、江戸城の北畔に建てた菅原道真廟の横に、万里のための庵「梅花無尽蔵《ばいかむじんぞう》」を築造し、庭には数百株の梅の木を植えましたが、庭の細部については万里の意見を聞いてから造ろうと考えておりました。

出来上がるまでの間、万里の東遊の目的の一つ、「隅田川の畔を歩き、詩歌を詠む」ために、木戸孝範の隅田川上流の屋敷にて時を過ごしたのです。

道灌も木戸孝範の屋敷に万里を訪ね、隅田川を眺めながら道灌と万里は詩歌を語り合い万里の講釈を聞くことで、打ち解け親友といえる仲になっていったのです。

「万里殿、わしの歌はどうでしょうか？　率直なところを聞かせてもらえぬか」

「道灌様らしい歌にございます。人の上に立つお方はなかなか冒険ができないものにございます。玄人は、はっとする歌や、誰もが用いない表現などを好みますが、道灌様はそのようなことは気にせず、心が動いたままを素直に表現なさればよろしいかと存じます」

「心のままにということですか」

「その通りにございます。奇を衒《てら》うことや、玄人受けの必要などないと存じます。歌はその人そのものが出せれば十分かと」

「上手く詠もうなどとは考えぬことですな」

そんな二人の会話の中に、木戸孝範や道灌の弟、叔悦《しゅくえつ》禅師、鎌倉五山の玉隠英璵《ぎょくいんえいよ》、竺雲《じくうん》顕騰《けんとう》、三浦道含、道寸父子ら道灌の歌仲間を集めた隅田川の宴は、夜遅くまで続けられたのでした。

十月九日、静勝軒に主君の上杉定正を招き宴が開かれました。

この時、道灌は万里集九に舞い姿を披露し、それを見た万里は感動しこう詠みました。

旅髪《りょはつ》　労《ろう》を忘《わすれ》じ　意《こころ》　仙《せん》ならんと欲《ほっ》す

万里集九は定正とも会話をしましたが、なにせ初対面であり、道灌や木戸孝範と打ち解けて話すようなわけにはいきません。

万里集九が道灌と旧知の仲であるように打ち解けていることに定正は嫉妬し、宴が進むにつれ機嫌が悪くなったのでした。

「道灌め、図書助もそうであったが、また、わしのものを奪いよって。もとはといえば万里殿はわしが見い出した者ぞ」

定正は、男色の愛人であった図書助の命を奪ったのは道灌であると今でも思っており、今回も万里を奪われたと感じていたのです。

我が儘な者は、被害妄想にもなりやすいもので、時が経つほど嫉みが強くなるのでした。

その後、定正はへそを曲げ、道灌が主催した万里集九の詩会に招かれても、出席することはありませんでした。

道灌も、扇谷上杉家の融和を図る目的で万里集九を江戸に招いたことを忘れてはおりませんが、自身にとって昔から、こよなく愛する詩歌の道に夢中になってしまったのです。

十月二十六日、万里のための梅花無尽蔵の庭が完成し、この庵に万里が入ることになりました。

美濃にある万里の住処、梅花無尽蔵も道灌の手により東遊出発前に建て替えられ、妻子が暮らしておりましたが、ここ江戸城に数倍大きな梅花無尽蔵ができたことで道灌は、

「妻子をここに呼ばれよ。旅の安全は同朋衆が最善を尽くすので安心召されよ」

と言い、万里の妻子を呼び寄せたのでした。

「なんとお礼したらよいものか」

と万里が道灌に尋ねるとこう答えました。

「我が静勝軒の東壁に詩板を掛けようと思っております。ついては、万里殿の詩序をお願

いしたい」

万里は道灌への感謝を込めて長文の詩序を書き上げ、その詩板が東壁に掛けられたのでした。

明けて十八年元旦、万里は江戸城で元旦を迎え、後世に残る次の詩を詠み、道灌を感動させました。

天《あめ》　白髪をして　東西を酔わしむ
五十八《いそや》　今《いま》　一年を加《くわ》う
初めて見る　江城《えじょう》　元旦の雪
悉く《ことごと》万象《ばんしょう》を駆《く》いて　樽前《そんぜん》に置く

悪鬼外道《あっきげどう》

詩歌の世界に浸り、今までにない幸せを感じていた道灌は、十一月、ひいの湯屋を訪れました。

いつものように湯から出ると、ひいが道灌の体の水分を丁寧に拭き取ってくれます。

「足の具合はいかがでしょう?」

「もう、すっかり良くなった」

「足が以前より、細くなられたようですが、最近は弓馬の修練をなされていないのでしょうか?」

「わしも齢ゆえ、もっぱら草花を眺めては、万里殿と詩歌を詠んでおる」

「それはそれは、清らかな時間をお過ごしで、お慶《よろこ》び申し上げます」

ひいは内心、心配しておりました。

「武士が弓馬の修練をせぬようになると、野生の勘が鈍るといわれ、闘争心や警戒心も薄れる」と。

さらに、詩歌は心を落ち着かせ穏やかになるのはよいのですが、人を疑うことができなくなり、今、道灌が命を狙われていることに鈍感になることが、なにより心配であったのです。

「あと十日ほどで、京や伊豆に出掛けた巫女たちが帰って参ります。他にも鉢形や川越も巫女どもが探りを入れておりますゆえ、戻ってきましたら、お声を掛けさせていただきます」

「手をわずらわしているようじゃな。皆が戻ってきたら、いつなりと呼ぶがよい」

ひいは、道灌の帰り際智宗に、道灌に聞こえぬように囁いたのでした。

「江戸城内に、お殿様とご家族を狙う刺客が潜り込んでいると感じまする。お殿様の警護、さらに厳重にお願い申し上げます」

十一月十八日、ひいの配下である歩き巫女が、各地から巫女宿である湯屋に帰ってきました。

さっそく、ひいは道灌に手紙を出し、歩き巫女たちの話を聞いてもらいました。

「堀越の公方様がご長男を京の将軍様に就かせようと、なにやら画策しているようです」

「そのことは、わしも聞いたが、難しそうじゃと」

「そうとも言えないようで、幕府政所執事の伊勢様の甥で、伊勢新九郎（北条早雲）と申すものが動いておると」

「それも聞いておるが」

「伊勢新九郎の後ろ盾には、日野富子《ひののとみこ》（元将軍の妻）様がいらっしゃるとか」

「日野富子様は金貸しで財をなして、今でも力は絶大だと聞いておる」

「気になるのは、伊勢新九郎が今川家の北川殿の弟とか。お殿様を仇と思っているはず。その伊勢新九郎が金川の上田入道様を介して相州大守《そうしゅうたいしゅ》（上杉定正）様に近づいていると聞きます。何やらとても、きな臭く思われます」

「引き続き各地を探ってくれ。よろしく頼むぞ」

ひいは、得体の知れない者たちが道灌の命をつけ狙っているのを心配しておりましたが、当の道灌自身の危機感のなさには、本気で不安を感じておりました。

二日後、ひいに衝撃が走りました。

「伊勢新九郎は悪鬼外道であり、関東とお殿様の命を狙っている」

と、榛名の神のお告げがあったのです。

すぐに使者を立てて、「是非に、お会いしたい」と、道灌につなぎをとったのでした。

十一月二十二日、ひいの湯屋に道灌がやって来ました。

「お殿様、急なお願いをお聞きくださりありがたきことにございます」

「して、火急の用件とは？」

「先日、お話し申し上げた伊勢新九郎がことにございます。我が榛名の神のお告げでは、その者は領土欲に憑《と》りつかれた悪鬼外道であると。そんな悪鬼が相州大守様に取り入って、関東の安寧をおびやかせば一大事にございます」

「伊勢新九郎が悪鬼外道だと？　なるほど、そうかもしれぬ。あ奴は京の大覚寺で兵法と儒学を学んだ秀才と聞く。わしも足利学校で儒学を習ったが、儒学の負の面は自分を邪魔する者、敵対する者を悪と見なすことじゃ。悪なれば罰するため、何をしても構わぬと。

それに領土欲も強いとあらば、悪鬼ともなろう」

「そうでありましたか。我らが信じる神や仏は、全てのものに宿るとされます。たとえ敵であっても、神仏が宿るゆえ、何をしてもよいとはなりませぬ。儒学を学んだ者は、邪魔者や敵は殺しても構わぬということでありましょうか？」

「儒学だけを信じ、神仏を忘れれば、その通りとなるかもしれぬ。神仏を信じる我らから見れば外道ということじゃ。神仏を信じるか、儒学を信じるかで大きく違ってくる」

「お告げに間違いはございません。その悪鬼外道が相州大守様を外道の道に引きずり込もうとしているのです。仏道から離れ外道に落ちれば、お殿様の命も平気で奪えましょう。まして、管領様もお殿様のお命を狙っておいでです。近頃、鉢形（上杉顕定の本拠）より川越（上杉定正の本拠）に何回も使者を送られているとか。すでに相州大守様に、お殿様のお命を狙えと命じたやもしれません」

「主君の命とあらば、命を差し出すこともあり得る。その時はその時。わしは武士となった時より、何時でも自身の命を捧げる覚悟はできておる。ありがたきことに、今でも毎日、精進をさせていただいておる。いつどこで死のうが悔いはない」

「何をおっしゃいます。今、関東の安寧は、お殿様一人にかかっております。悪鬼外道が世の中を乱すこと、世の中にはびこることを阻止できるのは、お殿様しかおりません」

「分かった。分かった。して、わしは何をすればよいのじゃ？」

「すでに江戸城内に間者、刺客が入り込んでいると思えます。ご子息様と奥方様の警護と、お殿様ご自身では、特に外出時にお気をつけくださいませ」

道灌は、自身を取り巻く不穏な動きをひいから警鐘を鳴らされ、対策を取らざるを得なくなったのでした。

文明十七年十二月七日、道灌は、先ず九歳の息子、太田資康《すけやす》を急ぎ元服させ、成氏公のところに人質という形で出仕させました。

文明十八年五月、妻である亡き斎藤小四郎基行の娘は、以前から熊野詣でを希望しており、警護の同朋衆をつけて旅立ちを許したのでした。

そして智宗にはこう伝えました。

「わしに万一のことがあれば、後を追うことなく何としても生き残り、三浦殿に仕えてくれ。今後の関東御静謐を託せるのは三浦道寸殿しかいない。道寸殿にはわしの思いは話しておいた」

次に萬五郎と三人の戦斧衆を呼び寄せ、

「わしに何かあれば、ひいと巫女たちを榛名のお山まで連れて逃がし、その後、ひいを手助けして欲しい」

と道灌は、萬五郎の手を取って頼んだのでした。

道灌暗殺

自分を取り巻く不穏な動きについて道灌は、万里にはおくびにも出さずにおりました。万里にはあくまでも平穏な日々を送ってもらい、後世に残る良い詩歌を詠んでもらいたいと思っていたのです。

万里に、周りの自然について音数律を楽しみながら言葉を選び出し、後世に残る詩歌を詠んでもらい、道灌もまた同じ題材で創作をし、万里の詩の評や歌の講をその場で聞き、歌の修行三昧がありがたく、ずっと続けばよいと考えておりました。

六月十日、道灌と万里は、武蔵国越生の自得軒に父太田道真を訪ねました。父道真はすでに齢七十を過ぎ、道灌もこれが最後の訪問、面会と思い、万里に無理を承知で願い出て、暑さの中、山深い越生までやって来たのでした。

もちろん越生では詩歌会を催し、万里にも詠作をお願いし、道真の一生の思い出となるように努めたのでした。良い親孝行ができたと、道灌は安堵したのです。

越生から江戸に戻ると、主君定正からの詩歌会の招待状が届いておりました。新装なった糟屋館のお披露目と詩歌会を開くというのです。

「行くべきか？　行かざるべきか？」

道灌は散々迷いましたが、会って語り合い、悪鬼外道の伊勢新九郎に近寄ってはならぬことなどを説得しようと考えたのです。主君のため最善を尽くすのが、家宰たる自分の使命であると思ったからでした。

万里も一緒にと定正の手紙には書かれておりましたが、危険が及ぶかもしれないと声を掛けませんでした。

ひいにも、敢えて相談をしませんでした。

「行ってはなりませぬ。行けば必ず殺されます」

そう言われることが、目に見えていたからです。

この時道灌は、心のどこかで、

「自分だけは、殺されることはない。定正殿とは、膝を詰めて話せば分かり合える。必ずや説得できる」

などと、妙な自信があったのでした。

道灌の、この楽観的、前向きなものの見方が、戦場における連戦連勝の秘訣でもあり、勇気の源でもあったのでした。

文明十八年七月二十六日寅の刻、道灌は馬廻りの十五人衆と同朋衆、智宗ら四人の少人数で相模の糟屋館（神奈川県伊勢原市）を目指しました。

この日は夏の日差しが厳しく、道灌は愛用の騎射笠《きしゃがさ》を深々とかぶり、馬を連ね、蝉やきりぎりすの声を聞きながら山河を渡り、夕刻になって糟屋館に着きました。

大手門の門番らに挨拶すると、すぐに定正の養子である上杉朝良《ともよし》の執事、曽我兵庫助《ひょうごのすけ》が出迎えてくれました。

曽我兵庫助は、道灌の父道真に引き立てられ重臣にまで上り詰めた人物で、道灌も兵庫助が子供の頃からの顔馴染みでありました。

「ようこそ道灌様。遠路はるばるご苦労おかけ申しました。今日は暑かったでございましょう。江戸の湯屋を真似て建てた湯殿がございます。先ずは汗をお流しくだされ」

「それは、かたじけない。兵庫助殿も元気そうで何よりじゃ」

「お陰様で元気に励んでおります。ささ、道灌様、湯屋にご案内仕《つかまつ》ります」

智宗たち同朋衆と馬廻衆は、湯屋のすぐ横にある広間に通され、土間で水をいただいた後、待機したのでした。

夏の時期に道灌を呼び寄せたのは、湯浴み好きなことを利用し、安心できる顔見知りから案内させ、暗殺を企てたのです。

「湯加減はいかがでございますか？」

と、壁の向こうで兵庫助が声を掛けてきます。

「ぬるめのちょうど良い湯加減じゃ」

「さようでございますか。久しぶりに、お背中をお流ししましょう」

「それはありがたい。お願い申す」

「失礼いたします」

と、兵庫助が湯屋に入るないなや、道灌の背中わき腹付近に強い痛みが走りました。

振り向くと、兵庫助の突き立てた槍が脇に刺さっています。

「何をいたす」

「ご無礼いたします。主君の命にて、お命申し受け申す」

「ひいの言った通りじゃ。許せ。ひい！」

道灌に後悔の思いがよぎりました。

道灌は瞬時に下の句をつけました。

その時、

「かかる時　さこそ命の　惜しからめ」

と、兵庫助に上の句を呼びかけられ、痛みの中、道灌は瞬時に下の句をつけました。

「かねて無き　身の思い知らずは」

痛みの中、かすれる声で下の句を詠み終わった後、「これで父上に叱られなくてすむわい」と、安堵した道灌は、槍から逃れるため、上体を反転させ湯船に自ら沈んだのです。

槍の穂先はわき腹から抜けましたが、同時に大量の出血があり、赤く染まった湯の中で道灌は、薄れる意識の中で摩訶不思議な光景を見ました。

死を覚悟した道灌が周りを見渡すと、

「ここには、三途の川がないではないか、脱衣婆《だつえば》の姿も見えない」

この時、水中にいるにもかかわらず息は苦しくはなく、いつの間にか槍に刺された痛みも消えておりました。

目の前の虹のような美しい光に引き寄せられ進むと、出会った頃の若きひいが笑顔で近寄ってきます。

「ひいではないか。何故ここにおる？」

そう道灌が声を掛けますが、ひいは微笑むだけで何も答えず、さらに近寄り、優しく抱き寄せてくれました。

「さあ、水分《みまくり》の神々（山の神）のところに参りましょう」

と、ひいが耳元で囁くと、二人は抱き合いながら天に向かって空中を昇って行き、やがて青く澄み切った空に真っ白な強い光が現れ、その中に道灌は水分の神の姿を感得しておりました。

ふと見ると、自分の体も真っ白となって水分の神と同化し、心地よく道灌の意識も薄れていったのです。

太田源六郎資長《すけなが》入道道灌、享年五十五歳。

この道灌が見た光景の一部始終は、ひいに「虫の知らせ」として伝わりました。

「本当は男の誇りなど捨てて、みすみす殺されるため定正のところなどに出向かず、もっともっと生きて欲しかったのです。かつて道灌様が榛名の神々に世の安寧を託され、今こうして神々に迎え入れられるのは、私にとっても幸せなこと。私も精進し、いつか神となった道灌様に、再びお仕えしたく存じます」

と、ひいは震える手を合わせ、榛名山満行大権現の真言を何度も唱えながら、道灌を見送ったのでした。

あと二人、「虫の知らせ」を感じた者がおりました。

一人は三浦道寸であり、

「武士の手本と英雄の誇りを見せていただいた。何と見事な最期であることか」と、道灌から託された関東の安寧に尽くす決意を新たにしました。

二人目は、道灌に同行し糟屋館の湯屋の隣に控えていた智宗でした。

智宗は、衝撃のような「虫の知らせ」を感じ、瞬時に「道灌様！」と、皆がびっくりするような大声を出し、立ち上がったのでした。

「道灌様が湯屋で襲われた！　皆の者！　助けに参るぞ！」

その時、広間奥の襖が勢いよく開けられ、定正の弓衆三十名ほどが道灌馬廻衆や智宗ら同朋衆に目掛け一斉に矢を放ったのです。

道灌勢が命からがら広間から表に逃げ出すと、そこには槍の穂先を揃えた定正の槍衆百人ほどが待ち構えておりました。

すぐに白兵戦が始まり、矢を体に受けて傷ついていた馬廻衆は、次々に討ち取られていきました。

同朋衆らは智宗を守りつつ、糟屋館の南にある高部屋神社の参道を転げるように下り、渋田川沿いに逃げましたが、上粕屋の洞昌院で定正の追っ手百名ほどに追いつかれ、再び斬り合いになりました。

一騎当千の同朋衆たちは数倍の相手とよく戦い、道灌の言いつけ通り、智宗が三崎の地に逃げるのを助けました。

智宗は追っ手をかいくぐり、道なき林の中を必死に逃げ、次の日の朝、三浦道寸の元にたどり着いたのです。残念ながら智宗以外の同朋衆や馬廻衆で、この時生き残ったものはおりませんでした。

「道灌様の虫の知らせは夢であってくれ」

そう思っていた三浦道寸は、油壷にたどり着いた智宗の話を聞き、

「やはり事実であったか」

と、愕然となりました。

道寸の父三浦道含は話を聞き、

「弟、定正の非道はどうしても許せぬ。上に立つものが絶対にしてはならぬこと。このままには捨て置かぬぞ」

と、実の弟の定正に激怒したのです。

「『わしに万が一のことがあっても、扇谷上杉家内で揉め事にしてはならぬ』というのが、道灌様の最後の願いです」

と、智宗は三浦道含に伝えましたが、全く聞く耳を持たぬようでした。

暗殺の後

道灌の遺骸は、道灌が開祖である曹洞宗の禅寺洞昌院にて荼毘《だび》に付され、「洞昌院殿心円道灌大居士」という法名が贈られました。

八月十日、二七《ふたなのか》（死後十四日目）の忌斎において、万里集九は霊前に、

「人有り　夢に春花　道灌静勝公《せいしょうこう》を見る　伝伝」


と、敬愛する道灌に祭文を詠んでいます。

道灌が亡くなり居心地の悪い万里集九は、美濃鵜沼《うぬま》の梅花無尽蔵に一刻も早く帰りたかったのですが、扇谷上杉定正より許しがもらえず、身動きが取れずにおりました。

それを助けたのが道灌の実の弟、叔悦禅師（後の鎌倉円覚寺住持）で、叔悦が住まいした芳村寺（中野区金剛寺）に万里集九を住まわせ、匿っていたのでした。

道灌の三回忌の忌斎を終えた長享二年八月十四日、万里集九はようやく、扇谷上杉定正から許され帰路についたのです。

扇谷上杉定正の実の兄である三浦道含は、

「定正は、我が弟であるが外道に成り下がった男。扇谷上杉の当主には誠に相応しくない。かくなる上は自分が当主となるしかあるまい」

と、扇谷上杉家の重臣、宿老たちに手紙を書き、賛同を求めました。

しかし、一番頼りにしていた親族でもある大森氏頼《うじより》が同調せず、他の重臣たち三田、三戸、荻野、上田入道も、

「扇谷上杉家内が揉めるのはいかがなものか」

と、定正の肩を持ちました。

こうした声に、引くに引けなくなった道含は、太田道灌の息子太田資康と千葉自胤を味方にして、山内上杉顕定を頼ったのでした。

三浦道寸は道灌から、

「わしに万が一のことがあっても、扇谷上杉家にとどまり家内をまとめてほしい」

と生前に託されており、父親である道含の方針に強く反対したのでした。

しかし、三浦道寸も武士。主君である父親の決定に異を唱えることは許されません。

結局、意に反して道灌が最も嫌った山内上杉顕定の下で、扇谷上杉家とは敵対することになったのです。

暗殺者となった曽我兵庫助はというと、その後、扇谷上杉定正に引き立てられ、江戸城代になりました。

兵庫助の父は扇谷上杉家の家宰となり、道灌に取って代わったのでした。

扇谷上杉定正の川越城にいた道灌の弟六郎の息子、太田六郎衛門尉は、一年後に曽我兵庫助の父に替わり扇谷上杉家宰に就任。軍師を勤めました。

道灌のもう一人の弟、図書助の息子も川越城におりました。

この息子太田備中守永厳《えいげん》は、扇谷上杉定正の息子上杉朝良の執事に就いて、永く活躍することになります。


扇谷上杉定正に道灌暗殺をそそのかした山内上杉顕定は、

「忠臣であり英雄の道灌を、定正は非道にも暗殺した。定正は人でなしである」

との噂を各地に広め、自分がそそのかしたことなどおくびにも出さず、只々、扇谷上杉定正を忠臣殺しの大悪人に仕立てたのです。

その結果、道灌を慕っていた旧豊島氏の領主や下総の豪族たちを、定正の扇谷上杉方から離反させることに成功したのでした。

扇谷上杉定正の道灌暗殺の動機は、

「景春勢や千葉勢から奪った領地を、道灌が独り占めしてけしからん」
であったはずです。
それが、自分をそそのかした山内上杉顕定の手に全て落ち、扇谷上杉定正には「忠臣暗殺の大馬鹿者」という汚名しか残されなかったのでした。
まんまと山内上杉顕定にしてやられた扇谷上杉定正は、その後、山内上杉方と全面対決するのは必然であったのです。

扇谷上杉定正に道灌暗殺をそそのかしたもう一人の張本人が、伊勢新九郎（後の北条早雲）でした。

長享元年（一四八七年）四月、道灌暗殺で後ろ盾がいなくなった駿河国主の今川小鹿範満《おしかのりみつ》を、伊勢新九郎は姉の北川殿の息子龍王丸（後の今川氏親）を当主に就かせるため下向。範満の支援者たちを悉く調略し、同年十一月孤立した今川小鹿範満を攻め滅ぼしたのです。

これにより伊勢新九郎は、姉である北川殿から駿河国の焼津城を褒美としてもらい受け、また今川家の家宰格の客将という地位まで手に入れたのでした。

延徳三年（一四九一年）四月三日、堀越公方足利正知が亡くなりましたが、明応二年（一四九三年）四月二十二日、息子である足利義澄《よしずみ》が室町幕府十一代将軍に就き、その野望が果たされたのです。将軍になれたのは幕府管領細川政元や、元将軍の妻である日野富子を巧みに味方にした伊勢新九郎の力が大きかったのです。

京の将軍という強い後ろ盾を得た伊勢新九郎は、この時、堀越公方正知の妻円満院を殺害し第二代堀越公方となった足利茶々丸を、将軍の母親を殺した大罪人として討とうと動きました。

伊勢新九郎は将軍義澄から茶々丸討伐の御内書を受け取り、茶々丸を堀越から追い落とし、堀越、韮山城を含む伊豆国の半分を手に入れたのです。

この戦いで、用心深く用意周到な伊勢新九郎は、茶々丸を守る伊豆の山内勢を、遠く上《こう》野《ずけ》の武井《たけい》城（群馬県桐生市）まで扇谷上杉定正勢を使い誘き寄せ、手薄となった堀越御所に攻め込むという手の込んだ陽動作戦を使いました。このように伊勢新九郎は、自前の戦力の消耗を避けつつ、大義名分を手にしてずる賢く伊豆の大きな領地を自分のものとしたのでした。

こうして着々と力を得た伊勢新九郎は、再び扇谷上杉定正に近づき、定正の軍師、客将となりました。軍師となった伊勢新九郎は、何故か平場での戦いを好んで行い、山内上杉方に正面から戦いを挑むのでした。

伊勢新九郎が扇谷上杉勢に平場の戦闘をさせたのには、もちろん理由がありました。この関東の二大勢力を平場で戦わせ、双方の戦力、勢力を削ぐ目的があったのです。

長享二年二月の相模国実蒔原《さねまきはら》合戦、六月の武蔵国須賀谷原《すがやはら》合戦、十一月の武蔵国高見原《たかみはら》合戦と、立て続けに消耗の激しい平場で二大勢力がぶつかり合い、伊勢新九郎の狙い通り、両勢力とも戦力を大きく失うこととなったのでした。

明応三年九月二十三日、山内上杉方にいた三浦道含、道寸父子は、将軍の親殺しのお尋ね者足利茶々丸を匿い、伊勢新九郎と扇谷上杉朝良から攻め立てられ降伏しました。道灌が自分の使命を託した三浦道寸は、降伏の後、小田原の大森氏頼に預けられてしまったのです。

同年十月、伊勢新九郎の野望である関東侵略のため、両上杉の戦力を削ぐ扇谷上杉勢と山内上杉勢の総力戦が、再び武蔵国高見原で始まろうとしておりました。

赤浜の仇討ち

その頃、ひいはというと、榛名山満行権現に神楽師として仕えておりました。

また、榛名の領主、長野方業《まさなり》の庇護を受け、榛名山の麓、保渡田《ほどた》(群馬県高崎市)に湯屋を設けて巫女たちと共に得意の京踊りを客に披露していたのです。

保渡田の湯屋には、ひいを江戸から護衛してきた萬五郎と戦斧衆三人が、湯屋と保渡田宿の用心棒として働いており、三浦道寸のもとに仕えた智宗とも、ひいは普化宗の虚無僧や榛名山の修験者を使い連絡を取り合っていました。

榛名山のほか、保渡田に近い和田山には関東における本山派の修験者を束ねる極楽院もあり、各地の事情を探らせる修験者が豊富にいたのです。

智宗は、小田原に蟄居させられていた三浦道寸から頼まれ、保渡田にいるひいのもとに道寸の手紙を携えてやって来ました。その手紙には、

「間もなく武蔵国高見原において扇谷上杉と山内上杉の雌雄を決する大戦が始まる」

と書いてありました。

ひいは、さっそく榛名山満行権現にお伺いを立てると、お告げがありました。

「坂東の安寧のため、何としても高見原の大戦を止めねばなりませぬ」

ひいは、萬五郎と榛名山修験者、普化宗たちを湯屋に集め、このお告げについて相談したのでした。

「榛名の神々は、多くの命が失われる此度の高見原の大戦を止めろと申されております。戦の総大将は扇谷上杉定正。道灌様を殺害した悪鬼外道であります。悪鬼外道をのさばらせれば関東は闇に沈みましょう。我らの力を合わせて定正を討ち、戦をやめさせようと思いますが、皆様、いかがですか？」

「我らは、そのためにここに参った」

と、智宗が低い声で力強く宣言しました。

「道灌様は命の恩人。道灌様の仇を討ち、それが世のためになるのなら、もはや言うことはあるまい」

萬五郎がそう言うと、

「我らは、ひい様に従い申す。何なりとお申し付けください」

と、普化宗たちも同意しました。

「皆様誠にありがとうございます。今は悪鬼外道の伊勢新九郎に誑《たぶら》かされ、外道に成り下がった相州大守（扇谷上杉定正）が、赤浜からほど近い高見城に味方を集結させ、伊勢新九郎の到着を待っております」

と、ひい様は話し始めました。

「お告げによれば、相州大守は、十月五日辰の刻（午前八時頃）に赤浜の渡し場から対岸へと渡河するはず。相州大守勢と伊勢新九郎勢とで二千二百騎（徒士を入れ総勢九千）が荒川を渡り、対岸の山内上杉方一千五百騎（総勢六千）と合戦になります。双方が正面から戦えば、少なくとも四千人以上の死傷者が出るは必定にございます」

「わしもそう思う。何としても止めなければ」

と智宗も同意し、続けました。

「外道の新九郎は、扇谷勢と山内勢をわざと荒川の平場で戦わせ、多分、自分たちと上田勢は戦わずに逃げ出す魂胆。そうなれば山内勢が有利。扇谷勢は壊滅するかもしれない。それこそが伊勢新九郎の狙い。勢力の衰えた相模国と武蔵国は、伊勢新九郎たちが侵略するには好都合。その時は侵略者たちの切り取り放題となるであろう」

「そうならぬため、赤浜の徒渡りで総大将相州大守を溺れさせ誅殺すれば戦は止まるのですな」

と萬五郎が言うと、

「そうでありましたか。ひい様、何なりとお指図ください。命投げ打って戦を止めまする」

榛名山の修験者の頭が大きな声でひいに指示を仰ぎました。

「赤浜の渡しには、川越岩《かわこしいわ》と呼ばれる大岩がございます。徒で渡るには、この岩の少し上流の浅瀬を通るのは皆様もご存じかと。相州大守が渡河するのを、この浅瀬に羂索を仕掛け、相州大守の馬が通る時羂索を持ちあげ、転落させるのはいかがでしょう。十月の荒川の水は冷たい。重い甲冑を着けていたら起き上がるのは大変。弓馬の修練などせずにぬくぬくと太った相州大守ならなおさら大変かと。それに、神となられた道灌様が、必ずや我らにお味方してくれましょう」

「ひい様、それは、妙案ですぞ」

と智宗が言い、皆も同意したのでした。

皆は、手分けして準備に取り掛かりました。

智宗は鉄のくさびを十本用意して、榛名山の修験者は丈夫な羂索を用意しました。

普化宗は、さっそく定正の動向を探るため高見城に向けて旅立ちました。

萬五郎は智宗に頼まれて、川底の羂索を持ち上げる修練を保渡田の川で行い、羂索が用意できた翌日は荒川上流で試したのです。

問題は大勢が渡った後に相州大守が渡り始めることで、それまで羂索を川底に固定しておかなくてはならないのです。

かといって重たい大石を羂索に乗せると、いくら力自慢の戦斧衆といえども動かすことはできないことが分かりました。そこで榛名山の修験者が解決策を考えてくれました。それは、太い丸太を利用した大石の持ち上げ方法でした。

「大石の底に丸太を挟み込み、その丸太の斜め下に少し小さな石を置き、丸太を押し下げると大石が持ち上がり、固定が外れ、その羂索を引けば羂索は水面に姿を現す」

そう教えてくれ、その役目を我らがやると言ってくれたのでした。

赤浜の渡し付近では、渡河点だけ川幅が広く、一町（約百メートル）弱。深いところで腰より少し上であり、黒々とした岩が川面に点々と見え、川底も黒々した岩で覆われておりました。川越岩のあたりには背丈のある葦が密集して生えており、萬五郎たちが身を隠すには都合が良いところでした。

十月一日丑の刻（午前三時）、智宗たち修験者が暗い中、鉄くさびを川底に打ち込み、一町の長い羂索をくさびに結び付け、川越岩の近くで羂索の上に大石を乗せ固定。これを四本仕掛け、準備を終えました。

十月三日、武蔵国比企郡の高見城（埼玉県小川町）では、定正が伊勢新九郎勢の到着を待っていました。

高見城は四津山と呼ばれる小高い山の頂上にあり、見晴らしが良く、長享二年に定正と顕定が戦った高見原が一望でき、近づいてくる軍勢などは手に取るように分かる天空の城でありました。

昼過ぎに伊勢新九郎勢が東から来るのが見え、定正は軍勢が大軍であるのを確かめ、

「これで勝てる」

と、小躍りして喜んだのでした。

「待ちかねたぞ。新九郎殿」

「申し訳ござらぬ。相州大守様。三浦道寸めに手間取り遅れ申しました」

「明後日の朝、赤浜を渡り、陣揃えの間に合わぬ山内勢を蹴散らしに参ろうぞ。なあに、我らは新九郎殿を加えれば、奴らの倍となる。今宵は大いに英気を養ってくれ」

「心強いお言葉、今宵は馳走になり申す」

十月五日寅の刻（午前四時頃）、伊勢新九郎勢を加えた扇谷上杉定正勢二千二百騎（総勢九千）の大軍は、意気揚々、天空の高見城を出陣。山道を下り、麓の今市不動尊で鎌倉街道上道《かみつみち》に入り、街道沿いを北に向かって赤浜の渡しに、榛名の神のお告げ通り辰の刻に到着しました。

対岸半里に陣取る山内上杉顕定方は一千五百騎（総勢六千）。数で劣る山内勢はもちろん、仕掛けてはきません。

定正勢がゆっくりと渡河を始め、八千の大軍が渡り終え、しんがりの上田勢の前に総大将定正が馬廻衆二十騎を引き連れ渡り始めました。

定正が渡河するのを川越岩付近の葦原に隠れ窺っていた榛名山修験者と萬五郎たちは、川の中に入りました。

修験者たちが川底の大石による羂索の固定を外す用意を、萬五郎たちは羂索を引っ張り上げる準備をして、智宗の合図を待ったのです。

「合図は、かん高い雉《きじ》の鳴き声で行う。鳴き声が一回ならば一本目、二回ならば二本目、三回ならば、三本目」

と、智宗から指示が出されていました。

対岸の大岩に隠れ定正の様子を見ていた智宗が、遂に合図を出しました。

定正が騎乗する馬が川の中ほどに到達すると、「キュー」と雉の鳴き声は一回でした。

「今だ！」

榛名山の修験者たちは一本目の羂索を、丸太の梃子《てこ》を用いて外し、外れた羂索を萬五郎たちは背中に担ぎ思い切り引っ張り上げました。

羂索は川底を離れ水面に。

定正の騎乗する馬はその羂索に足を取られ、羂索を外そうと大きく前脚を上げたのです。

定正も必死にこらえますが、太った体を支えきれず、あえなく冷たい荒川の流れの中に落下したのでした。

何が何やら分からないまま水中に投げ出された定正は、息をしようと頭を上げようとしますが、重い甲冑が邪魔をしてなかなか上がりません。

水深が腰の高さしかない川の中で、もがく定正は荒川の冷たい水を鼻から飲み込んでしまったのです。

後ろについていた馬廻衆の二人が、定正を助けようと滑る川底に足を取られながらも近づき、沈んでいる定正を助け起こそうとしましたが、定正はその手を振り払いました。

水中の定正には、助けに来た人影が「道灌が、殺しに来た！」と見えたのでした。

「殺さないでくれ！　道灌！　いや、許してくれ」

必死に手を振りほどきながらそう叫ぶと、定正の肺の中に水が入り込み、呼吸ができなくなったのです。

他の馬廻衆八人が駆け寄り十人で持ち上げようとしますが、定正の断末魔の暴れに手こずり、なかなか持ち上がりません。

後ろにいた上田入道が、

「ええい！　何をしておる。早くお助けせぬか！」

と怒鳴り散らしますが、

「しばしお待ちを」

としか馬廻衆は答えられませんでした。

しかし定正の心臓が止まると、体は急に軽くなりました。すると馬廻衆は持ち上げることができるようになり、赤浜の渡しまで抱えて戻ったのです。

赤浜では、

「道灌様の霊が相州大守様を、おぼれ死にさせた」

との噂が、定正の軍勢の間に広まりました。

騒ぎの途中、定正宿老上田入道が、

「曲者が潜んでおる。皆の者で探し出せ！」

と叫び、しばらくして榛名山の修験者たちと萬五郎たちは捕まり、すぐに首を刎ねられたのです。

全員が覚悟の上のことと、取り乱し泣き叫ぶ者など一人もおりませんでした。


ひいは、道灌の仇である定正を誅殺すると決めた日から、

「自分の命も道灌と共にある」

そう思っておりました。

仇討ちに皆を送り出すと、すぐに榛名山の堂に籠もり、食事もとらず、誅殺を行うことで傷つく者の回復や、犠牲になる者、誅殺する外道定正の冥福まで祈祷し続けたのでした。

湯屋の普化宗の者どもが定正の死を報告すると、

「ご苦労おかけ申しました」

とだけ言い、静かに息を引き取りました。

湯屋の巫女や普化宗たちは、

「ひい様は、道灌様と共に榛名山の神々のところに昇られた」

と、口々に噂しました。

智宗は、道灌の暗殺現場から言いつけ通り逃げ出し、小田原に蟄居している三浦道寸に

事の顛末を報告しました。

その後、定正の死により、三浦道寸の蟄居が急遽解かれたのです。

道寸は、扇谷上杉家を継いだ定正の養子上杉朝良の重臣として仕え、道灌が託した関東の安寧を死守することになったのでした。

永正十三年（一五一六年）七月、道灌の言いつけを忠実に守り抜いた三浦道寸父子と智宗は、居城の油壺で四年にわたる籠城の末、主君定正を外道の道に引きずり込んだ悪鬼、伊勢新九郎との戦いの末に玉砕したのです。

その玉砕とは、三浦道寸と智宗が百三十六人の寡兵で、二万の伊勢新九郎勢に撃ち込み、壮絶な討ち死にをしたのでした。

著者プロフィール
今井 則道（いまい のりみち）
1950年生まれ
神奈川県横浜市出身・在住
横浜市立桜丘高等学校卒業
神奈川大学工学部応用化学科卒業
※インスタグラムで太田道灌ゆかりの画像を発信中

【著作】
『居神 三浦大介荒次郎御伽話』（2022年／文芸社）

太田道灌勇飛録

2024年 5 月15日　初版第 1 刷発行

著　者　今井 則道
発行者　瓜谷 綱延
発行所　株式会社文芸社
〒160-0022　東京都新宿区新宿1－10－1
電話　03-5369-3060（代表）
03-5369-2299（販売）

印刷所　株式会社エーヴィスシステムズ

ISBN978-4-286-25272-8